放牧心靈

阿瀅・著

認識大陸作家系列

阿瀅文化行旅筆記

目次

屐痕處處

人生驛站

生活空間

屐痕處處

訪朱自清故居

一個秋高氣爽之日，我踏上了去揚州的旅途，儘管瘦西湖畔已不見桃花柳綠，瓊花也早已孕育出紅彤彤的果實，但古老的揚州城仍散發出一種迷人的魅力，難怪使得李白、杜甫、白居易、蘇東坡、歐陽修等流連於此，尋幽探勝，寫下了許多瑰麗的詩篇。

我到揚州有一個願望，就是帶著朝聖般的心情去拜謁朱自清故居。當我打的前往時，司機竟不知朱自清故居在哪兒，問了幾個人都不知道，心裏不禁生出一陣悲涼。計程車轉了大半個城區也未找到。後來，一位老年人聽說我找朱自清故居，主動告訴了我具體位置，計程車進不去，又租了一輛人力三輪車帶我前往。三輪車在不足兩米寬的巷子裏拐來拐去，半天才在安樂巷二十七號找到了朱自清故居。

朱自清故居門朝東，進門向北開一八角門，一極小的院子，有客房兩間，是朱自清的住處，內有條几、太師椅、書櫃。當年那櫃裏一定藏有不少好書，朱自清在中學讀書時，家裏每月給他一元零花錢，他大部分都在一家廣益書局買了書。到北京上大學時，也常到琉璃廠淘書，一次他看到一部《韋伯斯特大字典》，定價十四元，對一個學生來說不是一個小數目，他心裏老掛著那書，躊躇了許久，最後咬咬牙把結婚時父親為他做的一件皮大氅送進當鋪，拿到錢後馬上趕到書店，買回了那部《韋伯斯特大辭典》，而那件浸透著父愛的大氅最終也沒有贖回來。他每到一處必去訪書，在英國留學時，走遍了倫敦大大小小的書店，他曾寫有《三家書店》一文，專門介紹了倫敦三家規模較大的書店，在談到一家被倫敦的晨報稱之為「世界最大的舊書店」時寫道：「最值得流連的還是那間地下室，那兒有好多排書架子，地上還有東一堆西一堆的。乍進去，好像掉在書海裏，慢慢才找出道兒來。」能在這種書店裏淘書，真是羨煞我等書蟲。

內室窗前置有一桌，上有朱自清用過的筆、硯、筆架、墨盒等，桌上有一小牌注明由朱自清的兒子朱喬森捐贈的。朱自清早期的一些作品就誕生在這兒。從雕花木床上的印花被可以看出朱自清生活的節儉，他在清華大學教書時，由於沒錢買棉袍，便去買了一件馬夫穿的氈披風，白天穿著為學生授課，晚上鋪在床上當毯子。日後，這披風成了教授生活清貧的標誌，多次被他的朋友寫進文章裏。

朱自清一生有過兩次婚姻，一九一六年他考入北大預科後，當年寒假回揚州與名醫之女武仲謙結婚。武仲謙屬於中國傳統式的典型的賢妻良母，與朱自清生活了十二年，生育了六個兒女，一九二九年患肺病去世。三年後經葉公超介紹，朱自清與齊白石的女弟子陳竹隱在上海結婚，茅盾、葉聖陶、豐子愷等人參加了婚禮。朱自清攜新婦歸來，亦住在這裏，並寫出了《給亡婦》一文，寄託了對武仲謙的思念之情。

此宅二道門內有一十幾平方米的天井，佈局為正室、東西廂房及南房。正室中堂掛有康有為的一幅對聯：「開張天岸馬，奇逸人中龍」，不知是否為康氏真跡。

東廂房是朱自清父母及兩個女兒的臥室。提起他的父親，不由得讓人想起散文名篇《背影》。一九一七年冬，他的祖母去世，他隨父回揚州奔喪，喪事完畢，與父親同車至浦口車站分手。《背影》寫的就是那次分別時的情景，那胖胖的身子穿過鐵道，艱難地爬上月臺的背影，時常浮現在讀者眼前，不由地生出對父親那種難以用語言表達的感恩之情。如果說朱自清的《荷塘月色》和《槳聲燈影裏的秦淮河》是美文的話，那《背影》就是散文中的極品了。《荷塘月色》多少有些做作，而《背影》全是口語化寫作，達到了一種極高的境界。散文家林非說：「《背影》用樸素和流暢的文字寫出了一種異常真摯與至誠的情感，這又是談何容易的事情。只要能夠達到這一點，肯定就會長久地打動讀者的心弦。」

西廂房是朱自清庶母的臥室，南房三間分別是兒子和傭人住處。正室開有後門，後院是後來建成的朱自清資料陳列館，館內有朱自清塑像，朱自清生平資料圖片展板，及部分朱自清的著作。

朱自清一八九八年生於江蘇東海。祖父和父親都做過縣裏的承審、鹽務小吏。一九〇三年舉家遷居揚州。一九二〇年從北京大學哲學系畢業後在江蘇、浙江一帶中學教書，是文學研究會的早期成員，中國新文學運動的開拓者之一。一九二二年和俞平伯等人創辦《詩》月刊，一九二三年發表了長詩《毀滅》，在當時的詩壇上產生了很大的影響。一九二五年八月到清華大學任教，創作出了《背影》、《荷塘月色》等膾炙人口的名篇。一九三七年留學英國，漫遊歐洲，回國後寫成《歐遊雜記》和《倫敦雜記》。一九二八年八月十二日，朱自清因病去世。朱自清英年早逝是中國文壇上的一大損失，郭紹虞、鄭振鐸、李長之等文化名人紛紛撰文追憶朱自清，上海的《文訊》月刊還專門出版了一期《朱自清追念特輯》。朱自清的夫人陳竹隱親撰輓聯：「十七年患難夫妻，何期中道崩頹，撒手人寰成永訣；八九歲可憐兒女，豈意髫齡失恃，傷心此日恨長流。」尤為沉痛感人。

朱自清曾為他的母校江蘇省立第八中學（揚州中學）寫過一首校歌：「浩浩乎長江之濤，蜀崗之雲，佳氣蔚八中。人格健全，學術健全，相期自治與自動。欲求身乎試豪雄，體育須兼重。人才教育今發煌，努力我八中。」他提倡人格健全，而且身體力行。他原名自華，取自蘇東坡「腹有詩書氣自華」，號秋實，取「春華秋實」之意，為了潔身自好，勉勵自己不與他人同流合污，遂改名自清。號佩弦，借用韓非子「性緩，故佩弦以自急」，意在發憤圖強。葉聖陶說：「他畢生盡力的不出國文跟文學，他在學校裏教的也是這些。思不出其位，一點一滴地做去，直到他倒下，從這裏見到一個完美的『人格』」。

朱自清有著作二十七種，包括詩歌、散文、文藝批評、學術研究等。一九五三年，開明書店出版了四卷本《朱自清文集》，一九八八年，江蘇教育出版社對朱自清著作又一次全面搜集、整理，出版了六卷本《朱自清全集》。

儘管秋緣齋裏庋藏有各種版本的朱自清著作，我還是從朱自清故居購買了一冊二〇〇二年一月華夏版口袋本《荷塘月色》，並請工作人員蓋上了「朱自清故居」紀念章。離開時，在門口拍了一張照片，把朱自清故居永遠地攝進了我的記憶裏。

二〇〇六年十月二十九日夜於秋緣齋

【原載二〇〇七年一月十五日《中國審計報》（北京）】

時珍故里行

戊子夏日，應《徂徠時氏族譜》主修時博兄之邀，前往時家莊，拜謁時珍墓。時家莊位於徂徠山下天寶鎮。史載，天寶於隋開皇年間建村，因位處徂徠山之陽，自古冰雹、風災不多見，謂之上蒼保佑，遂名天保。後人取「物華天寶」之義更名天寶。「文革」期間更名紅旗公社，「文革」後復名天寶。

因多次到天寶採訪，對該鎮較為瞭解。天寶鎮有著深厚的文化積淀，民風淳厚，人文與自然景觀眾多，有黃花嶺村的春秋墓群，秦始皇曾封禪的梁父山，漢武帝所置梁父山、梁父城遺跡，坐懷不亂的和聖柳下惠墓，北魏古剎光華寺，道教聖地隱仙觀，絕壁幽谷貴人峰，李白題寫的獨秀峰，羊祜城遺址古城牆，還有大悲庵、煉丹爐、升仙台、竹溪等。時家莊於天寶鎮西，據《徂徠時氏族譜》載，金代中期建村。時氏因避金和朱梁之亂，由博州茌平遷至天寶。九世孫時珍官至隴西郡開國侯，勳列一世，上念其功，允其覓塋。為守墓盡孝子之心，遂從天寶寨遷至塋墓之北安家定居，建成村落，名時家莊。

在《徂徠時氏族譜》修譜理事會負責人時元濤家，他拿出一部新編修的族譜。這是一部編修比較規範的族譜，族譜大都採用世系表式和表格式兩種編排修譜方法。相對來說，表格式編排法較為科學。而《徂徠時氏族譜》在表格式的基礎上又有所創新，另加了代表世及姓名的編號，此法便於查閱，且重名者也有所區分。譜前附有各朝譜序及碑文，頗具史料價值。金末，蒙古入侵，金廷南遷，各地郡縣守令皆落荒而逃，山東一片混亂，百姓不得耕作，餓殍遍地，致使「盜起東海」，屢犯汶水泰山之間，甚至獵人為食，生靈塗炭。時珍組織家鄉青壯年奮起反抗，據守天保寨。設計捕獲了大批盜眾，餘匪皆退。西元一二二五年，元兵南下，京東河北五十四城皆為蒙古大將嚴實所據，翌年，開府於東平。時珍率眾歸附嚴實，被授予昭勇大將軍、泰定軍節度使、兗州營內觀察使、元帥左監軍。是年，時珍率部作戰，攻下益都，被授予鎮國上將軍、右副元帥，鎮守兗州。時珍治兵甚嚴，無一人敢於犯境，百姓安居樂業。時珍「名位雖重，家人未嘗廢耕織，其自奉養，但如布衣時。」深得百姓稱頌。被加封左副元帥，封隴西郡開國侯，食邑千戶。五十四歲時，致仕還鄉，其子時宥承襲。時珍或帶隨從近郊捕獵，或與友賞雞鬥酒，遊樂於山水，七十而終。

我們先去時氏祠堂參觀，祠堂始建於民國十八年，有正廳三間，東西堂房六間。後經兵燹匪患，時政變遷，正廳頹剝，偏廳殘垣，宗譜焚毀，華表折斷。二〇〇七年二月，時氏族人修祠續譜，修復正廳三間，供奉時氏先祖。廳內東壁為時珍出征圖，西壁為二十四孝圖中之四幅。正廳門左有民國時立創修祠堂碑一通。院子裏還有一段華表殘塊。祠堂匾額為「永言思孝」，祠聯「顯貴玉殿功名皆為先祖成就，賢明報國業績永昭後世繼承」。

祠堂正南有一祭靈廳，元憲宗二年（一二五二年），時珍病逝後，其靈柩停放於此，供各地官員及百姓弔唁，祭後下葬。清光緒十八年（一八九二年），時氏族人在此修建一座「落棺廳」，並將譜碑立於廳內。「文革」時期，有人要砸譜碑，被時氏族人強行攔下，致使廳內譜碑保存完好。一九九四年，時氏族人捐資重建，並改名「祭靈廳」。

在祭靈廳左側有兩通元代石碑，一是「左副元帥、隴西郡開國侯時珍神道碑」，另一碑是「宣武將軍、兵馬都總領、兗州觀察判官時遇碑」，兩碑嚴重風化，時珍碑上亦有累累彈痕，歷經七百餘年風霜雪雨，碑文已難以辨認。

時珍墓在神道碑後，已被住宅所隔。一九九三年，時珍墓被新泰市政府命名為縣級文物保護單位，但時珍墓一直沒有得到修復。時珍墓已被日益增多的住宅所包圍，時氏族人用院牆把墓地圈了起來，以防遭人破壞。一位老者見我們在時侯神道碑前辨認碑文，主動上前給我們講述時氏族人保護石碑的經過。他說，他的房子介於神道碑與時珍墓之間，只要政府修復時珍墓需要，他會及時搬遷。

與時珍墓相距幾十里的元代安徽亳州太守徐琛墓前曾有翁仲像、石虎、石羊等元代石雕，因缺乏有效保護，被人盜走。後來案件雖然偵破，但贓物已被外省一大學所購，至今未能索回。因此，時珍墓的修復及兩通元代石碑的保護刻不容緩。

據說，村中原來保存有時珍用過的兵器——鳳翅鏜。族人認為祖先的兵器可以辟邪，誰家有病人，就借去以驅邪。後來，不知為誰家所藏，而秘不示人了。

在一農家，見到一石柱，高一米左右，上方為圓形，似蒙古包狀，有簡單圖案，下面為六楞形，沒有任何文字，均不知石柱為何物。村人懷疑是界碑，但一般界碑都有文字說明。也有說是拴馬樁，但一般拴馬樁上方有獸像，並有拴馬的石孔，而此柱上面光滑，很難拴住馬韁繩。還有一說，是生殖崇拜物，也有待考證。

時珍致仕後，隱居鄉里，對保護文物古跡也做出了貢獻。北魏古剎光化寺在戰火中「殿宇堂廡盡為灰燼」，時珍父子重整寺宇，復其舊觀。並襄助隱於徂徠的儒士鹿森興建了祀老子、孔子的二聖堂。現存有玉皇閣，二聖堂及道房遺址，其建築精巧別致，構造錯落有致，並存有時珍手書「貧樂岩」石刻。具有較高的研究價值。我曾在一篇研究羅貫中的論文中看到一種說法，羅貫中曾在二聖宮內創作《三國演義》。

在時家莊還聽人講述了時珍明斷「殺人案」的故事。時珍的部下王信外出辦事，沒有按時歸隊。王信的父親尋找兒子，在天保寨外的荒草間，發現了兒子帶有血跡的帽子，懷疑被與其子有過節的徐彥、趙署二人所害，便找時珍告狀，時珍認真做了調查，並到現場實地勘察，沒有發現徐彥、趙署二人殺害王信的證據，便沒有貿然判決。這時，村中有一農婦「死而復生」，稱：「我是王信，是徐彥和趙署殺了我。」一見其情景甚為恐怖。有關官員認為是王信鬼魂附身，託村婦訴冤，徐彥、趙署二人是兇手無疑，遂把二人關押，嚴刑拷問，他們二人受刑不過，招認殺死了王信。官員向時珍回報案情，時珍調集案卷，反覆推敲，還是無確鑿證據證實二人的犯罪事實，時珍認為這是一樁冤案，就把徐彥、趙署二人放了。當時，人們議論紛紛，但都不敢明說。過了不久，王信回來了，並說明了延遲歸期的經過，果然如時珍分析的一樣。事後，眾人更加信服時珍。

經過與時氏族人的交流，我發現在他們心目中，時珍時而為族人引以為傲的先祖，時而幻化為庇佑百姓的正義之神。祭祀先祖，已成為時氏族人的精神寄託。時珍故里之行，彷彿通過時光隧道進行了一趟精神之旅。親歷蒙元時代，對「危能戡亂，安能利澤生民」元代開國侯時珍做了一次有益的訪問。

二〇〇八年七月一日於秋緣齋

【原載二〇〇八年第四期《泰安文物》（山東）】

連雲港紀行

早慕連雲港之名，戊子初夏，因報紙停刊，賦閒在家，得暇，遂成連雲港之行。連雲港因吳承恩而名揚海外。明代淮安吳承恩，自幼聰慧，但屢試不第，五十歲才得一個「歲貢生」，到浙江做一小吏，因人品剛正，為官場所不容，遂拂袖而去，專事寫作。得知雲臺山為海州境內四大靈山之一，便來到雲臺山，遊覽了水簾洞、南天門、沙河口等地，聽了關於這些山水的傳說，茅塞頓開，寫出了膾炙人口的傳世之作《西遊記》。

吳承恩在《西遊記》中寫道：「海外有一國土，名傲來國。國近大海，海中有一名山，喚為花果山。此山乃十洲之祖脈，三島之來龍……真個好山……四季好花常開，八節仙果不絕。」花果山是連雲港雲臺山諸峰中最出名的山峰。花果山隨著《西遊記》流播世間，成為中華名山。

新泰沒有直達連雲港的汽車，只好從臨沂轉車，途徑臨沭、贛榆，到達連雲港。連雲港在我想像中是一座美麗的海濱城市，可在連雲港汽車總站下車時，給人的感覺很不舒服，站前一排平房小吃部亂而無序。心裏一陣難受，難道這就是我嚮往已久的海濱城市嗎？為了乘車方便，在車站附近的一家賓館住下。卻發現房間裏有好多的蚊子，這兒的氣候與北方基本差不多，北方沒有發現蚊子，而這兒已經成災了，也不明白這不算低檔的賓館裏怎麼會有蚊子。從連雲港市旅遊交通圖上看到，毛澤東所題「孫猴子的老家在新海連市雲臺山」一詞，刻在花果山石壁上，稱之為「毛公碑」。但從未聽說毛澤東有這一題詞。

品嚐風味小吃是外出旅遊的一種樂趣，到了海濱城市，自然要去吃海鮮。晚上，打的到美食一條街品嚐海鮮，雖然價格不便宜，半斤大的螃蟹八十元一隻，但海鮮全是活的，味道確實鮮美。

翌日清晨，與一計程車司機達成協定，出一百五十元車費，讓他帶我去東西連島、海濱浴場、核電站等地遊玩，然後再把我送到花果山。東西連島位於連雲港市東面海域上，東西長約六公里，南北寬一點五公里，是江蘇最大的海島。東西連島原來是一個孤立的漁島。從連雲港市區到連島需要擺渡。後來，建成了全國最長的攔海大堤，近七公里長的鋼筋混凝土巨臂把連島與海岸連接起來。連島開始成為優美的海濱旅遊度假區。在海邊傳來陣陣魚腥味，司機說，現在政府不讓漁民曬魚蝦了，原來漁民把從海裏捕到的小魚小蝦都在海邊晾曬後，加工飼料。那時魚腥味更是難聞。商店裏的旅遊紀念品價格也特別高，一隻海螺要價幾百元，在海南五元可以買到的貝殼，也要價五十元。水晶是連雲港的特產，為妻子和女兒買了水晶項鏈和手鏈，也不知是否為真水晶，權作紀念而已。

在鳳凰灣海濱浴場，海灘上沒有遊客。管理人員說，一個月後能下水了才有遊客。田灣核電站門口有軍人把守，不能進入，只能在門口拍照留念。司機介紹，在田灣核電站有很多的外國工程師，在核電站的工作人員配偶沒有正式職業的，每月可從核電站領取一千元的生活補助。

快到花果山時，司機指著山頂的一塊石頭說：「你看，那塊石頭像不像猴子？」順著他的手指望去，果然有個極像猴子的立石，長長的猴嘴向上撅著。司機說，這兒地名就叫猴嘴。

花果山位於新浦區東南十五公里，連雲港市南雲臺山中麓。據史料記載，在清代康熙以前，花果山矗立於大海之中，明代的《海州志》有詩云：「山如駕海海圍山，山海奇觀在此間。乘興時來一登跳，恍疑身世出塵寰。」可以想像的出，昔日隱現於煙波浩渺、天水相接之際的花果山是何等的神秘。正因如此才有海上仙山的傳說。《史記・秦始皇本紀》中說，仙山名蓬萊、方丈、瀛洲，是神仙居住的地方。李白詩云：「海客談瀛洲，煙波微茫信難求。」據史學家考證，海上仙山瀛洲正是今日的雲臺山，而花果山則是其中的一座山峰。

花果山的山門中間有一巨大的猴頭，也是花果山的象徵，進入山門，路兩側塑有一百零八尊猴像，在迎接著遊客。山門前有兩批導遊，一批是年輕的女孩，另一批是年紀在五十左右的婦女。拿到門票後，小導遊就跟了上來，我說不用導遊，來之前已看過資料。小導遊退出後，年長導遊又跟了上來。她說，小導遊收費一百元，而她只收三十元。我說不用，可她還是跟著上了遊覽車。她說，她們是挨號的，好不容易挨到她了。我告訴她，旅遊路線很熟悉，不用她介紹。她說，她家就在山裏，對山裏很熟，可以隨時解說。見她不是油滑之人，也不容易，遂答應她，同乘遊覽車沿盤山路至極頂玉女峰。玉女峰海拔六百二十五米，為雲台山脈的主峰，是江蘇省諸山之最高峰。

站在峰頂，透過雲霧，隱隱約約可以看到海港碼頭。拍了一些照片後，在一塔前坐下來休息。導遊說，在花果山裏有五個村子，現在都劃歸花果山管委，成立了旅遊公司、建築公司和茶葉公司，村人分別安置到三個公司工作。我問她，「孫猴子的老家在新海連市雲臺山」是毛澤東寫的嗎？導遊說，是用毛澤東的字體拼湊的。如果是這樣，就有些胡鬧了，隨意用名人的字體拼一幅字，就叫某公碑，也太不嚴肅了。從玉女峰乘坐索道下山，在下山的過程中，由於風大，索道車不停的搖晃，途中用相機拍攝的圖片卻沒有重影。

水簾洞坐落在花果山的山腰，洞外石壁有清代所刻「水簾洞」、「靈泉」題字。山上還有「娲造石」、「八戒石」、「猴子石」等奇景。花果山的名勝及傳說為吳承恩創作《西遊記》提供了大量的素材，後人又根據《西遊記》的描寫創造了一些景觀，為遊人增添了興致。

淘書是外出旅遊必做功課，到達連雲港之初，便向計程車司機打聽舊書攤的位置。司機說，華聯廣場附近原來有一些書攤，但不知現在有沒有。從花果山下來後，就直接去了華聯廣場，在廣場西側，沿河有一條街道，全是古董、舊書攤位，遠遠望去，有十幾家書攤，不禁大喜，心想，這下要滿載而歸了。可仔細一瞧，這些書攤賣的大部分是盜版書，舊書不多，有關連雲港志書和文史資料倒是不少，說明連雲港志書出版和文史資料的搜集整理工作非常出色。

來回走了兩趟也只挑出了兩本書。一是《古今中外節日大全》，梁全智、梁黎編，一九八五年十二月山西人民出版社出版。買這本書是因為我曾編著出版過一本《中國節日大全》，如果以後有機會再版的話，這本書可作參考。另一本書是袁鷹先生的雜文、隨筆、小品文集《留春集》，一九八二年二月花城出版社出版。袁鷹先生在後記中說，他在上世紀七十年代初，從河南農村「改造」回來後，整理散軼過半的書籍時，發現有幾本列印和剪貼的舊稿。是袁鷹先生十多年來寫的各類文章，被造反派搜去打字油印，發給人手一冊，以供批判之用。袁鷹先生說：「翻著翻著，其中一篇隨筆的題目《長留心上春》五個字，忽然勾起我一種特別親切的感情。……當時竟忽發奇想：如果將來有朝一日，這些小稿真能由油印本變成鉛印本，書名未嘗不可以就叫《留春集》。」造反派供批判用的油印本無意中卻保全了先生的作品，真是因禍得福，讓人啼笑皆非。該書由曹辛之設計封面，趙樸初題簽。書中蓋有「連雲港市圖書館藏書專用章」。秋緣齋藏有袁鷹先生寄贈的《風雲側記：我在人民日報副刊的歲月》簽名本，有機會去北京時，可請袁鷹先生簽名。我很納悶一個城市的書攤大部分經營盜版書，只有少數幾家經營舊書。與曾以此地為原形創作出了傳世名著《西遊記》的城市形象大不相符。那幾家經營舊書的攤位上的書，除了連雲港的文史類書和連雲港當地作者的書外，就是圖書館淘汰的品相很差的書，看來舊書經營者的進貨渠道有問題，舊書經營者沒有走出去，只是在本地小範圍內來回倒騰。這樣就阻礙了舊書業的發展，也是造成盜版書氾濫的原因之一。儘管只買到兩本書，但因了袁鷹先生的著作，還是滿心歡喜。

回到賓館，倒頭便睡，蚊子的騷擾也絲毫不覺了。

二〇〇八年六月四日於秋緣齋

【原載二〇〇八年第三期《泰山》（山東）】

齊都四日
——全國第六屆民間讀書年會散記

一

二〇〇八年十月十六日，是全國第六屆民間讀書年會報到的日子，我把新出版的拙著《秋緣齋書事續編》和《泰山書院》第二卷打了兩個大包，準備帶到會上，分贈眾師友。報紙停刊後，為了減少費用，我的「坐騎」也賣掉了，只好乘坐客車趕赴淄博。

全國民間讀書年會已先後在南京、十堰、北京、呼和浩特、南昌舉辦五屆，第四、五屆我都因事未能出席，今年在齊國古都淄博召開，無論如何也要參加了。借此機會可以與老朋友敘敘舊，又可以結識一些新朋友。客車到達張店車站後，淄博市《齊風》編輯部沈琪兄將我接至博苑賓館。

組織者把我安排在一個特別好記的房間——一一〇，對面房間住的是北京《芳草地》主編譚宗遠先生。剛剛安頓下來，就接到王國華短信稱，已到達淄博，我告訴他：「我的房間在一一〇，我們一個房間，可以聊聊天。」我與國華兄一直是電話、郵件往來，從未謀面，但不時收到他發來一些堪稱經典讓人忍俊不禁的短信，為我的讀寫生活增添了不少樂趣。國華兄筆名易水寒，供職於吉林《城市晚報》社，係《讀者》雜誌簽約作家，在多家報紙開設專欄，出版有《五毛錢，吵半天》、《微笑是一種力量》、《推開虛掩的門》等。國華兄給我帶來了九月份剛剛由朝華出版社出版的新書《推開虛掩的門》，他說：「我很喜歡你贈書時寫的那句話，秀才人情一本書，我也這樣給你寫吧。」關於這本書，國華兄曾在博客中寫道：「書中文章基本都在我的博客上，所以，經常來我博客的朋友，不用朝我索要，看博客就行了。再說，我手頭這幾本，也是花錢買的。稿費微薄，送不起人；不來看我博客的，交情不夠，也不送。」我很幸運，得到了國華兄的簽贈本。由於市場的需要，該書被出版商包裝成了心靈雞湯類的書，儘管作者心裏不舒服，但毫無辦法，現在出本書實在太難了。

山西作家楊棟兄為我送來了兩冊六十四開本書，一是他的新著《天鼠集》，楊棟與孫犁先生是忘年交，此書亦學孫犁耕堂劫後十種之體，收錄了作者鼠年創作的小說、隨筆及書信等；另一冊是段恒著《走出梨花村》，係楊棟傳記作品。

下午，師友們陸續到達。儘管之前見過《溫州讀書報》主編盧禮陽的照片，見到真實的他，仍讓我感到驚訝，他的體重只有我的一半。我說：「和您在一起，顯得我更胖了。」

晚飯時與王稼句兄一桌，稼句兄是江南才子，亦具北方人之豪爽性格，其酒量早已領教過。連續加過幾次酒之後，他又要了一箱啤酒……

我中途溜號，與國華去看望侯井天先生，送去了《秋緣齋書事續編》和《泰山書院》。我把書友徐勤儉托我帶去的侯老句解、詳注、集評的《聶紺弩舊體詩全編》，請侯老簽了字。侯老第二天要趕到武漢參加一個聶紺弩作品研討會，今天特意趕來與大家見面的。我拿出冊頁，請侯老題字，侯老問：「寫什麼？」我說：「您就寫聶紺弩的詩吧。」侯老爽快地答應了：「好，我晚上考慮一下再寫，明天一早給你。」之後，又與國華分別拜見了南開大學來新夏教授、《閃閃的紅星》作者李心田先生、《微山湖上》作者邱勳先生。丁亥夏，我曾到李心田先生家中拜訪過。來新夏先生曾為《秋緣齋書事》題簽，有通訊往來，而未謀面。與邱勳先生是第一次見面，此前只知道他是兒童文學作家，曾任山東省作協副主席。邱勳先生聊起當前的作家時說：「過去的作家都是學者，文學功底深厚，不但能夠寫作，還能讀外國原文名著，翻譯作品，像林語堂等人直接用外文創作。而現在的作家懂英文的極少。」說到讀書，邱先生更是幽默：「三輩子不讀書，人就成了驢！」

回到房間，與國華聊至深夜。我知道自己打鼾水平高，會影響國華休息，就讓國華先睡，我翻閱會務組發的書刊資料。

書籍有：自牧著《存素集》、張明義著《溫馨花園》、秋子著《秋子散文》、張達著《藻思集》、朱文鑫著《解讀賈平凹》、自牧主編《散木集》等。還有專為本次年會編的兩本書，一是《民間書脈》，自牧主編，分別從《清泉部落》、《崇文》、《開卷》、《書人》、《日記雜誌》、《文筆》、《書鄉》、《芳草地》、《泰山書院》、《古舊書刊報收藏》、《書脈》、《書簡》、《讀書人》、《毛邊書訊》、《譯林書評》、《民間書聲》、《書友》、《溫州讀書報》、《園地》、《三聯貴陽聯誼通訊》等民間讀書報刊中所刊發的文章中，每家選四篇，並配有讀書報刊書影。姜德明、陳子善分別作序。這是繼《書友》報編選的《民間書聲》後第二部民間讀書報刊作品選集。其中有刊發在二〇〇七年第七期《書鄉》雜誌上的拙作《徐雁：構築書香社會的倡導者》；另一本是第四十八卷《日記雜誌》專號《半月日誌》，選發了二十四位讀書人二〇〇六年期間每人半月日記，其中有我十二月十六日至三十一日的日記。來新夏、徐雁分別作序。

雜誌有：蕪湖《書香》、連雲港《連雲港作家》、天津《天津記憶》、濮陽《書簡》、上海《東方書林》、南昌《文筆》、石家莊《舊書交流目錄》、南京《開卷》《譯林書評》、甘肅《日記》、泰安《泰山書院》、包頭《西口文化》、濟南《山東圖書館季刊》等。

這麼多的書刊讓我激動，肯定又是一個不眠之夜。

二

十七日上午，全國第六屆民間讀書年會暨淄博筆會在淄博博苑賓館一樓會議室召開，會議由淄博市文聯、《淄博日報》社、《日記雜誌》社共同主辦，來自全國各地的六十餘位愛書人出席了會議。首先淄博市領導致歡迎辭，淄博市文聯領導介紹淄博文藝界概況，然後與會人員合影，相互贈書、簽名、交流。我將帶去的《秋緣齋書事續編》和《泰山書院》分別贈予與會人員。

《開卷》執行主編董寧文與蔡玉洗博士、作家王振羽、沈文沖等人，凌晨兩點才趕到淄博，徐雁教授因有會議衝突無法與會，讓寧文兄給我捎來了一個裝有書刊的大信封，內有瞿光輝著《美麗的舊書》，扉頁有徐雁兄題跋：「溫州瞿先生鈐印本，秋緣齋主人郭君存，金陵雁齋主人持贈於戊子秋日南京大學」。該書作者供職於溫州師範學院外語系，業餘從事文學創作與翻譯。內容分「書話」、「書人」、「書情」三部分，係開卷讀書文叢之一。另有中國圖書館學會科普與閱讀指導委員會主辦的《今日閱讀》試刊號，毛邊、切邊各一冊。徐雁兄在所附的一封長信中說：「民間報刊要與公共圖書館年來所致力的『全民閱讀』、『社會讀書』結合起來，而兄等編藝非凡，文壇書林人脈正好為之提供智力支援，共同做起一方平臺。為此，中國閱讀學研究會今擬組建一個『讀書報刊聯盟』。擬請民間報刊諸人士加盟合作，聯手共贏。」

我帶去了王稼句兄的兩本書，請他簽名，一冊是《古保聖寺》，稼句兄題道：「阿瀅先生指正王稼句零八年十月十六日蘇州」；另一冊是其早年作品《談書小箋》，這本書在扉頁書名的右側寫有「XX小姐指正稼句丙子暮春於吳門」字樣，我說：「稼句兄，這是你的一個簽名本，是蘇州的一個朋友從舊書攤上淘來送給我的。也不怕你傷心了，請你再簽一次吧。」稼句兄苦笑了一下，在書名左側簽道：「阿瀅得此冊，係當年送人，世事無常，書亦如此。王稼句謹識零八年十月十六日淄博」。

陳子善先生的書，我帶去了四本。陳先生在《海上書聲》題道：「人生書聲不斷才有意味為阿瀅兄題子善戊子秋日」；在《說不盡的張愛玲》（二〇〇四年六月上海三聯書店版）題道：「張愛玲畢竟是讀不完說不盡的，不知阿瀅兄以為然否?子善戊子秋日」；在《探幽途中》題曰：「阿瀅兄惠存子善戊子秋於淄博」；在《蔡瀾這個人》題道：「蔡瀾是性情中人，讀此書可見此人的有趣。為阿瀅兄題編者子善戊子秋」。

收到三本題跋贈書：淄博薛燕著《飛燕集》、上海王雅軍著《讓靈魂舒展手臂》、南京王振羽著《江南讀書記》毛邊本。

休息片刻，特邀嘉賓發言。南開大學來新夏教授在講話中說：「民間讀書報刊是合乎社會需要的，沒有刊號就出版了，在讀書人中流傳了。」他把這些民刊喻作「非婚生子」，他說：「民刊記錄了許多真實的文獻，不僅當代人讀，將來還可以讀，這些報刊將來更有價值，是可以世代相傳的。」李心田先生說：「今天我看到了一張張笑臉，已經很長時間沒有看到這種笑了，就像一個家族的人，兄弟姐妹歡聚在一起的那種親切。為什麼？因為大家志同道合，大家在一起共用書香，是書這一紐帶把大家聚在一起了。」邱勳先生在講話中提到了《泰山書院》，他說：「一個小小的新泰市竟然有一個藏書家協會，辦的刊物（《泰山書院》）沒有大話、假話、空話。在極其困難的情況下，自己籌集經費，辦起了刊物，令人敬佩……」《穆桂英掛帥》的作者宋詞先生在發言中說：「現在到處都是著名作家，實際上我們處在一個文化的沙漠，看上去繁花似錦，實際上文藝很荒涼，民刊這幾根幼苗，幾片綠葉，根植於民間，寫的是真情、真話，沒有歌功頌德，儘管聲音很微弱，但這是真正文人的聲音，不是官方的喉舌。這些民刊補充了歷史，保存了記憶……」嘉賓的發言反響強烈，不時激起陣陣掌聲。

會議結束後，我到侯井天先生房間取冊頁，侯老題道：「江山閒氣因詩見，今古才人帶酒杯。阿瀅先生囑題聶詩兩句侯井天時八十又五於淄博」。詩聯取自聶紺弩《七律．即事用雷父韻》。我帶冊頁又請邱勳先生題字，邱先生題曰：「萬卷詩書消長夜，一肩風雨對流年。書贈阿瀅君邱勳二〇〇八年十月於淄博」。

下午的議程有六項，一是各民間讀書報刊主編發言；二是與會作家、專家學者、愛書人發言；三是當地作家、讀書人發言；四是自由發言；五是《齊風》編輯宣讀約稿函；六是討論確定第七屆民間讀書年會的主辦單位。

會議發言不乏精彩之語，陳子善說：「這個時代是文化斷裂、精神斷裂的時代。處在表面上一片繁榮、一片繁花似錦的文化盛世。好像處處都是文化、處處都是經典、處處都是大師。」阿泉道：「愛書、藏書的人，雖然永遠讀不完他的藏書，這如皇帝佔有嬪妃並不一定全部臨幸。皇帝佔有嬪妃雖然貪婪但皇帝有真情；嫖客嫖妓女嫖完就走，他不收藏妓女，他沒有真情。我們要做皇帝，不做嫖客。」阿泉說，有句話粗理不粗的話，讓徐無鬼替他說，老頑童狀的徐無鬼站起來大聲說：「寫作不能像尿尿，要像射精！因為寫作需要激情！」一句話引得哄堂大笑。

我發言時提出了一個建議，成立一個鬆散型的民間讀書組織，以後，無論是召開年會或者搞什麼活動，就有了一個統一的組織，詳細的計畫。與南昌夏國平的想法不謀而合。但是由於沒有組織，即使有提議，也沒有人負責答覆。在第三屆讀書年會上，徐雁教授曾有一個提議，他說，一年一度的讀書年會，都要有一項合作項目，當再次坐到一起來研討時，合作已經完成。在這樣一種機制下，讀書年會才是建設性的、前瞻性的。如果每年聚在一起，泛泛地、茫無目標地談讀書，就失去了年會的意義。

阿泉要求由《清泉部落》再次在內蒙古承辦第七屆讀書年會，並獲得通過。連雲港作協的陳武亦有承辦年會的打算，並提出全部免除會費。

三

十八日，會議的研討議程結束。上午，與會人員乘大巴車趕赴博山區參觀顏文姜祠，該祠是為了紀念一位勤勞、善良、孝敬老人的民間婦女所修建。始建於北周，更建於唐天寶五年，清康熙年間增建，是一組擁有六進院落，殿房一百零五間的古建築群。正殿前院中心有一靈泉，係孝婦河之源。

從顏文姜祠出來，又去趙執信紀念館，趙執信乃清代詩人、書法家。十四歲中秀才，十七歲中舉人，十八歲中進士，後任右春坊右贊善兼翰林院檢討。二十八歲因觀演《長生殿》案而被削職。有《飴山詩集》、《飴山文集》、《談龍錄》、《聲調譜》等著作傳世。趙執信紀念館依山而建，像迷宮一樣繞來繞去。我與陳克希兄坐在一偏房前石階休息、聊天。過了一會兒，不知人們都隨導遊去哪兒了。我倆上山，下坡，又繞回了正門，亦不見人影，而且來時乘坐的車輛也不見了，問管理員才知紀念館另有一門，正巧《書友》報總編李智慧也掉隊了，我和克希兄又乘李智慧的車子找到了紀念館的另一出口，他們正在參觀博山至青州的一段古驛道遺址。

稍作休息，又趕往淄川區，拜謁蒲松齡紀念館。我曾在袁濱兄的陪同下去過一次，紀念館是在蒲松齡故居的基礎上增建的。也有幾進院落，並有西跨院，想當年，蒲松齡哪能住的上這樣的豪宅呢，就像孔府一樣，都是後人建造的，如果當初蒲松齡能夠住上這樣的宅院，就不必到周村去當孩子王了。蒲松齡也不會想到，他能夠為後人造福，他所在的蒲家莊乃至整個淄博市都跟著受益了。

下午，去位於周村區西鋪的蒲松齡書館參觀，書館是明末戶部尚書畢自嚴的故居，蒲松齡三十二歲時，應好友畢際友之聘，在此設館教塾。七十一歲高齡時，才撤帳歸裏。蒲松齡在這兒生活了三十八年。書館後院有一萬卷樓，樓內原有藏書近五萬冊，種類繁多，是當時極有名氣的藏書樓，蒲松齡在此流覽萬卷藏書，完成了《聊齋志異》的創作。前年，我曾與袁濱、自牧等兄來此遊覽，並在萬卷樓前拍了照片。今天的萬卷樓門面已有變化，萬卷樓匾額下加了一塊「畢四海文學藏館」的牌子，老作家見此不屑一顧，轉身就走。本來想在萬卷樓下拍照的人，也因此而改變背景。《溫州讀書報》主編盧禮陽說，我就不沾畢四海的光了。王稼句也轉到葫蘆架下拍照。有人從樓上下來，嗤嗤地笑：「介紹裏說是知名作家……」同來之人頗有微詞，儘管這兒是畢家祖宅，但在蒲松齡書館裏建個人文學藏館總是有些彆扭。

回到博苑賓館，南通沈文沖來房間閒聊，給我帶來了他的新著《百年毛邊書刊鑒藏錄》毛邊本。書中收錄了近百年來刊印的二百七十多種毛本書介紹，其中包括一九〇九年魯迅與周作人合作出版的《域外小說集》毛邊本，這是中國的第一部毛邊本。拙著《尋找精神家園》、

《秋緣齋書事》和拙編《泰山書院》雜誌創刊號，三種書刊的書影和內容介紹亦忝列其中。沈文沖是毛邊書研究專家，曾出版有《毛邊書情調》。我建議他成立一個毛邊書研究學會之類的組織，可以對毛邊書進行系統的搜集、整理、研究。

連雲港作協陳武和齊魯製藥公司的李松和來房間聊天，一時興起，國華兄來了一段原汁原味的二人轉，只知道國華兄是多產作家，沒想到唱二人轉竟也拿手。他們走後，我與國華聊到凌晨一點，就讓他先睡了。來淄博的第一天晚上，因我打鼾水平高，怕影響他休息，我也沒有睡好，一夜之間醒來多次。國華說，你的呼嚕一個高潮接著一個高潮。第二天晚上下半夜，實在撐不住了，鼾聲如雷，也顧不得國華兄了。今天是第三天，由於晚上喝茶過多，大腦一直處於興奮狀態，國華睡後，我又看了一會兒書。等到兩點多鐘，國華醒來，說：「明天早晨不要叫我，旅遊我也不去了，在家睡覺，到十點鐘給我打電話把我叫醒。」

四

十九日，參觀位於淄博市桓台縣的王漁洋紀念館，前年，曾與石靈、袁濱驅車去桓台拜謁王漁洋紀念館，到達桓台時，天色已晚，紀念館已下班。桓台詩人張廣袖攜自釀的葡萄酒在一飯店宴請我們，平時不嗜煙酒的我也被他自釀的葡萄酒所吸引，一邊聽他談釀酒的過程，一邊品嚐，他帶來的一瓶酒在不知不覺中已經見底，意猶未盡，廣袖只好承諾下次一定多帶幾瓶。那天未能參觀王漁洋紀念館，引以為憾。

王漁洋，字子真，號阮亭，別號漁洋山人，清初著名詩人，累官至刑部尚書。他在公務之餘致力於詩文著述，康熙帝曾徵其詩三百首定為《御覽集》，其詩、文、詞共數十種五百六十多卷，被譽為一代詩宗。

紀念館名由書法大師啟功題寫。館內忠勤祠原是明萬曆十六年為紀念王漁洋的高祖王重光而建，距今四百餘年。整組建築係磚木結構，分東西主跨兩院，保持了典型的明代建築風格。堂前有兩株古檜，左右對稱，高約二十餘米。導遊說東側為雄，西側為雌。雄樹挺拔，雌樹螺旋向上，似有纏綿之意。院東南隅有四面碑一幢，上刻建祠時祭者姓名。

石刻展室除展出王羲之、王獻之、柳公權、顏真卿、虞世南等的集字刻石外，另有明祝允明、董其昌、邢侗等著名書法家的真跡刻石。刻石上覆有一層拓片，這樣既可以看清石刻文字，又能保護刻石。

東跨院為花園，園林建築大同小異，我不感興趣，便與陳克希兄坐在一石凳上聊天。去年，文潔若先生給我打電話說，陳克希約了她一篇稿子，半年多了還沒發表，也沒有消息，就讓我問一下。陳克希說，當時他責編的《博古》雜誌已停刊，他手頭上的稿件都轉到其他報刊，但是文先生的稿子他捨不得轉給別人，所以，就拖了下來。直到後來，《博古》易主，他又把稿子交《博古》發表了，也總算對文先生有了交代。

從王漁洋紀念館出來又去看坐落在桓台縣新城鎮南村大街北端的四世宮保坊，牌坊建於明萬曆四十七年，是為祭明代王象乾及其父、祖父、曾祖父所立，因他們都官至太子太保、兵部尚書，故名。石匾額「四世宮保」四字傳為明書法家董其昌書。是國內僅存的磚坊，坐北朝南，氣勢雄偉，集古代建築，雕刻，書法藝術於一體，有很高的文物價值。這樣的建築能經過「文革」而絲毫未損真是一個奇蹟，我問，是用什麼辦法保護下來的？有人說，本地皆為王姓族人，對牌坊懷有敬畏之情，因此雖經「文革」動亂，也沒有人敢去破壞。

這次年會，每人都收到不少書刊，可謂滿載而歸，路途遙遠的就把書打包，通過郵局寄走。送別宴會上，眾人頻頻舉杯，相互邀請。並相約明年內蒙草原再見！

二〇〇八年十月二十二日於秋緣齋

【原載二〇〇八年第二期《溫州圖書館學刊》（浙江）】

興化紀行

去年，江蘇興化的朋友說，來興化看油菜花吧。我曾在網上看過興化的千畝垛田油菜花盛開的壯觀景象。因忙於生計，錯過了花期。就說，明年吧，明年一定去看油菜花。今年，興化獲得了「中國最美油菜花海」的稱號。油菜花盛開的時候，卻因事未能前往。朋友惋惜地說，油菜花已經變成油菜籽了。其實，看油菜花只是藉口，興化有施耐庵，有鄭板橋，還有好友姜曉銘。已經拖了兩年，不能再因錯過花期而推遲行期。於是，推掉俗務，坐上了去興化的班車。經過五個半小時的顛簸，終於踏上了興化的土地。姜曉銘早已在車站等候。

積樹居主人

與姜曉銘訂交二十多年了。上世紀八十年代初，我癡迷集報，與各地報友交流報紙，交往的報友中便有曉銘兄。當年藏報的狂熱勁頭指使著滿世界尋找報紙品種，數年後，突然醒悟，當時集報沒有搞專題收藏，只是追求品種數量，有些報紙只有一份，不便於研究，也出不了成果。自己浪費了那麼多的精力搞來的數千種幾萬份報紙，不過是一堆廢紙而已。停止集報後，與曉銘兄也失去了聯繫。

乙酉秋日，北京舉辦了一個讀書年會，全國各地許多愛書師友參加了會議，當我看到姜曉銘的名字時，有似曾相識之感，卻怎麼也想不起來了。後來，我的散文集《尋找精神家園》出版，給曉銘兄寄去一冊。不久收到他的來信：「兄之《尋找精神家園》一書於正月初五收到，真是新年的好兆頭。拆開郵包就趕緊拜讀，一些文字平日裏雖讀過，但結集成書後乃可精讀。細讀《用愛打開塵封的記憶》、《寫信的年代》兩文，我終於印證了我的猜想，我喜集報亦是始於八十年代初，起初剛聽你的名字，我總覺熟悉，讀書中文字，一九八八年你去南京應是與大陸等報友相會。興化一直屬揚州府，鄭板橋就是興化人，板橋故居與我老宅相隔很近，歡迎來興化。我查一九八七年四月《集報》雜誌上有你地址，二十多年了，當年我們不知有無交往過，已不記得，但我們是有緣的……」

時隔不久，姜曉銘又發來電子郵件：「整理書報見一份一九八八年一月一日《新泰報》創刊號，想必是你當年所寄，特拍照發給你。」看到《新泰報》的創刊號，心裏仍有些激動，因為這份創刊號也凝聚了我的心血和汗水，我參與了該報的籌辦。這份創刊號正是我寄給他的，說明我們的友誼已近二十年。

到了興化先去拜訪曉銘的書齋積樹居，曉銘的妻子和兒子在家，可以看出曉銘妻子是位賢慧的女性，愛書人的藏書都在蠶食著家裏有限的空間，如果沒有妻子的支持是無法大量購置書籍的。曉銘的兒子讀初一，很有禮貌地打過招呼後，就去學習了。曉銘說，房子太小了。我說，鄭板橋不是說了嗎？室雅何須大，花香不在多。由於住房小，曉銘的許多書只好「藏」在臥室的組合櫥裏。書齋名積樹居由邵華澤先生題寫，問及齋名含義，曉銘解釋說，學問之道是一點一滴積累而來的，人生亦然，追求有所建樹的人生。藏書及學識都是歷年的積累。曉銘書齋聯有二，其一為「積學勤於恒，樹人德為本」，為中國近現代筆名史料專家陳玉堂先生撰寫。另一書齋聯「圖書萬卷文心曉，物理千秋道義銘」，為楹聯家方克逸先生撰鄒昌霖書。

客廳裏還有書法家愛新覺羅・恒凱題寫的漆書「藏珍」二字，另有人物畫家張駿繪製的《夜讀圖》和文史學者朱龍湛的《墨竹圖》。

曉銘用一把小巧的六角紫砂壺泡了一壺明前龍井，壺為古銅色砂紫六角壺，製作樸素、率真，表現出「古拙素雅」之氣。配有兩隻精緻的青花瓷小茶盅，一邊品茗，一邊賞書。對嗜書、嗜茶的我來說既過足了茶癮又過足了書癮。積樹居藏書以文史、書話為主，曉銘打開書櫥門，介紹他的藏書。因為興趣相同，他的書有許多我也有藏，還有一些珍貴的毛邊本、簽名題跋本，曉銘一一介紹了這些簽名本的來歷。

曉銘拿出幾冊舊書讓我看，鄭振鐸的《劫中得書記》，一九五六年十月古典文學出版社第一版，封面上蓋「興化師範資料室」章，封底蓋「興化縣小學教師進修學校圖書室」章；季羨林先生譯的《沙恭達羅》精裝本，一九五六年六月人民文學出版社第一版；艾青著《黑鰻》，一九五五年十月作家出版社第一版，扉頁蓋「齊齊哈爾鐵路圖書館藏書之章」，品相十成新。曉銘說這三冊舊書是在興化的舊書攤偶然遇到的，三冊書只花了四元錢，這麼好的書緣可遇不可求。曉銘從書櫥裏拿出了《黃裳散文》和《艾蕪評傳》相贈。我說：「我不能奪人所愛呀」。他說：「沒事的，這些都是復本」。他說遇到好書，有時就買兩本，一本留存，另一本贈送書友。

曉銘自幼受到了良好的傳統教育和文化薰陶，對於興化的歷史文化瞭若指掌，滿腹人文掌故。在興化期間，他一直相陪，給我講解興化人文，我看到的他講到了，沒看到的他也講到了。晚上回賓館後，總是聊到深夜才回去。除了聊天南海北書界趣聞軼事，談的最多的是興化文化。他多次談及外祖母對他的教育，以及祖母的堅強、堅毅、堅韌對他的影響。他生於斯長於斯，以讀書聚書為樂，研究地方文化為趣。他似乎生來就負有一種使命感，以興化人為榮，對家鄉的愛溢於言表。這種愛讓人感動！

興化文友

去興化本來打算只與曉銘見面，曉銘說，如果朋友們知道我去而不告訴他們，他們會責怪他的。他通知了幾位朋友，等著為我接風。我讓曉銘不要再擴大範圍了，不要影響太多人的精力，又分別為他通知的幾位朋友每人帶了一本《秋緣齋書事續編》作為見面禮。

一方水土養一方人，一般來說，南方人內秀，北方人豪爽。興化的幾位朋友既有內秀的一面，又有豪爽性格。曉銘兄曾寄贈一幅鄒昌霖先生的書法作品，當我見到鄒昌霖時不禁愕然，當初讀他的字，以為鄒昌霖是位六十歲以上的老書法家，沒想到他比我還小兩歲。鄒昌霖擅畫竹，且書法、篆刻皆精。曉銘說，他曾為作家賈平凹、江蘇省美協主席趙緒成及國內一些名家治過印。使他名聲遠播是所臨摹的鄭板橋書畫作品，興化鄭板橋紀念館、鄭板橋陵園陳列室、范縣鄭板橋紀念館、「揚州八怪」紀念館等都有鄒昌霖臨摹的板橋書畫，一些鄭板橋書畫研究專家看了鄒昌霖臨摹的鄭板橋書畫，皆大為讚賞。作品流布海內外，隨著名氣的增大，他不再臨摹鄭板橋作品，而是直書鄒昌霖大名。他的畫竹作品寥寥幾筆，形神具備，再加大段題跋，文化味十足，翻閱鄒昌霖畫冊感覺是一種享受。他看到我送他的書中的鈐印後說，我給你刻枚印章。離開興化前，他以兩幅畫竹作品相贈。秋緣齋裏掛有「江南一杆竹」之稱的安徽畫家郭慶香的墨竹，與鄒昌霖的竹子圖一定相映成趣。

王乾榮軍人出身，縣團級轉業，在興化市委任職，有軍人的豪爽和詩人的激情。善寫詩歌、散文，作品散見於《散文海外版》《海軍文藝》《海軍報》等。我去興化的當天，正巧戰友到他家做客，為了給我接風，他又找了一位朋友在家裏替他陪客。原來我們之間沒有交往，素不相識，就把客人撇在家裏，來飯店陪我，著實讓人感動。在酒桌上談笑風生，沒有絲毫的官腔和做作，以年齡相論，他大我十幾天，遂以老大哥相稱，他對山東比較熟悉，對山東的一些禮節及酒文化也有一定的瞭解，相談甚恰。

沈海波也曾是軍人，武警轉業，任新華書店業務經理，言語不多，沈著穩重。以小小說創作為主。得知我欲拜謁施耐庵墓時，他隨即安排好了車輛。

到達興化前，作家周飛就已把他新出版的兩卷本長篇小說《滄浪之城》給我簽上了名字。周飛是興化一中的業務校長，從事教育工作，空閒少，陪我吃過晚飯之後，就匆匆趕回學校值班去了。我問他這部小說寫了多長時間。他說，用了九個月的業餘時間。真不知道這部六十多萬字的長篇小說在那種緊張的環境中是怎麼創作出來的。

周衛彬是個文靜的小夥子，供職於泰州市文化局，我去興化的當天，他去相親，自然不能離開。第二天，乘坐最早的班車趕到了興化，陪我拜謁了施耐庵墓和鄭板橋墓。他說：「您的博客我經常去讀，所以對您瞭解。我認識姜曉銘老師還是因為讀了您的《秋緣齋書事》，在書中提到您給姜老師寄書，我就找到了姜老師。」回賓館後，我上網流覽了他自〇五年開博以來的博文，發現他收藏並閱讀了許多書籍，是一位純正的讀書種子。

美女作家單玫是第二天吃午飯時認識的。單玫從事教育工作，落落大方，說話爽快，沒有小女子的扭捏。吃飯時我被讓到上方的中間位置，正巧單玫坐在我對面，我說：「按山東的習俗，我坐的位置是主陪，你坐的位置副主陪，我們主陪、副主陪喝個酒吧。」單玫端起杯來一飲而盡。曉銘說，她的網名叫清茶，博客名字「清茶坊」。在她的博客中與茶有關的文章就有十幾篇。我對曉銘說，愛茶的女人一定不俗。

一段古城牆，見證歷史的滄桑

興化市博物館又名鄭板橋紀念館，是一座三層仿古建築，白牆黛瓦馬頭牆，古色古香。是在宋代的監獄遺址上重建的。進入博物館就似乎通過時光隧道穿越時空巡遊。

興化市位於蘇中裏下河地區腹部，地處揚州、南通、鹽城經濟開發區中心。古城興化已逾兩千多年歷史，是戰國時期楚將昭陽的食邑。自南宋至清末，有二百六十二人中舉，九十三人中進士，還有《水滸》作者施耐庵，明代三任宰輔高谷、李春芳、吳甡，「揚州八怪」中的鄭板橋、李鱓，「後七子」之一文學家宗臣，著名文藝理論家、「東方黑格爾」劉熙載，還有《四庫全書》纂寫提要的纂修官任大椿、《古文觀止》中「報劉一丈書」一文的作者宗臣、《封神演義》的作者陸西星等。一個地方出了這麼多的文化名人，是非常罕見的。

博物館裏設立了「鄭板橋生平及其藝術成就」、「施耐庵文物史料」、「興化歷代名人史料陳列」等展館，常年開放。曉銘說，來興化不可不看李園船廳滄浪畫舫和四牌樓。這兩個地方都在博物館院內。李園的「滄浪畫舫」，即李園船廳，建於清咸豐年間，是揚州富商李小波私家花園的一部分。按照船形精心設計，整個建築彷彿一艘大船，船頭向西，船尾向東，船廳南側有一長形踏邊，形似跳板，兩邊是走廊，廳頂為捲棚瓦頂，玲瓏精緻，船頭外面有花台，纏繞的紫藤樹幹好似纜繩系在岸邊，整個船廳即一艘裝飾典雅的大船，蕩漾在花草樹木之中。船廳為木結構建築。船廳門口掛有一牌，寫有「江蘇省國民政府臨時辦公處」字樣，抗戰時期，江南和徐州相繼淪陷後，一九三九年夏至一九四一年夏，江蘇省政府主席率江蘇省政府各機關遷至興化，在興期間，經常在李園船廳召開各類會議和會見各方代表。船廳內兩側各有一排椅子，正中一對木椅，茶几上有一木雕雄鷹。兩側各有一門，兩扇門上各有一聯：「爽借清風明借月，動觀流水靜觀山」。遂與曉銘各坐一椅合影留念。

四牌樓是興化市標誌性建築，飛簷拱頂，始建於明代，始稱做四攢坊，清代以後叫四牌樓。「文革」期間被毀。一九八七年重建的四牌樓基本上保持原貌，四面和拱頂內壁，掛有四十七塊匾額，除一塊舊匾、六塊仿舊外，其餘四十塊分別由當代四十位大書法家題書。四牌樓的每一塊匾額都是為了紀念一位名人，匾額的背後都有一段光輝的業績。

興化隨處可見古典建築，新蓋的樓房也大都是白牆黛瓦建築。興化大街上見有幾處正在修復的古建築群，曉銘說，那分別是北宋天聖年間范仲淹做興化縣令的古縣衙、明代永樂年間興建的東嶽廟和明洪熙年間建成的兵部尚書成進的大司馬府。

晚飯後，漫步街頭，走至東嶽廟東側，不遠處還有一段古城牆。《清・梁志》載：「宋寶慶元年，知縣陳垓築週六裏一百五十七步，惟土城。元末圮。明洪武五年，守禦千戶郭德、蔡德、劉人傑以磚更建，高一丈八尺，內外環水為濠。」作為蘇北唯一被完好地保存下來的一段古城牆，見證著歷史的滄桑。

拜謁施耐庵墓

《水滸傳》的作者施耐庵是興化人，去興化一定要去拜謁施耐庵墓。本來以為施耐庵墓在鄉鎮，距市區也就幾十里路而已，沒想到施耐庵墓所在的新垛鎮距興化市區竟然有一百多里。翌日清晨，曉銘請我和周衛彬吃早茶，沈海波已帶車子在樓下等候。

車子向駛出市區，路旁到處都是油菜，只是沒有一朵油菜花了，油菜籽再有十幾天就要收割。車子行駛一個多小時，來到了位於新垛鎮施家橋村的施耐庵陵園，門口窗戶上貼有一張紙條：「今日有客來，請打電話×××（五分鐘即到），請您準備好門票款再打電話。門票十元，謝謝合作！」由此可見遊客不會太多，幸運的是，有一個人值班。

進了陵園大門，迎面是頭戴方巾，身著寬袍，左手握卷，右手拈須的施耐庵漢白玉石雕塑像，遂與眾友在施耐庵像前合影。陵園內一片荒蕪，一派頹廢景象，行人道上鋪的立磚都已粉化，園內植物雜亂無序。偌大的陵園沒有一位遊人。施耐庵墓成圓形土堆，碑曰「大文學家施耐庵先生之墓」。墓前一碑刻有趙樸初先生的《重修施耐庵墓記》：「施耐庵墓始建於明初，興化縣抗日民主政府於一九四三年復修。中華人民共和國成立後，墓列為江蘇省一級文物保護單位，一九八二年省人民政府撥款重修，爰書為志。」

施耐庵墓旁有一綠島，一條小河環島流過，人在高處俯視，卻似獅子（施子）盤繡球，因而稱為風水寶地。在施耐庵墓前拍了一些圖片後，又來到施耐庵墓東側的「施耐庵與水滸資料陳列室」，正中有施耐庵畫像，配有對聯「一部野史，千秋才人」。室內陳列有施氏家世表、施耐庵創作《水滸傳》情況資料，以及《水滸傳》的各種版本資料。

據《施氏族譜》等有關資料記載，施耐庵，名彥端，係孔子門生七十二賢之一施之常後裔，三十六歲與劉伯溫同榜中進士，授任錢塘縣事，因受不了上司的驕橫專斷，一年後憤而辭官歸裏。據傳，張士誠起義，在蘇州稱吳王，施耐庵表弟舉薦他為軍師，後張士誠降元，施耐庵棄官而去。後朱元璋討伐張士誠，施耐庵便帶家人及門生羅貫中來到四周環水的興化避難，後購置房產，在這裏隱居，創作《水滸傳》，當初此處四周環水，蘆葦茂密，《水滸傳》中的八百里水泊就是據此創作而成。

在這裏流傳著一個「跺斷樓板餓煞狗」的故事，傳說施耐庵住在蘆葦蕩中一座小木樓裏創作《水滸傳》，每當寫到興奮之時，就高興地手舞足蹈，用腳連連跺擊樓板。他家的小狗聽到響聲以為主人喚牠餵食，就奔上樓，不見主人給牠食物，只好下樓，一會兒，又聽到跺擊樓板聲，牠又跑了上來。就這樣上下往返多次也沒有得到食物。施耐庵寫到精彩之處，猛一跺腳，樓板嘎嚓一聲斷了。那狗也上來下去，下去上來，連累加餓死掉了。

看守陵園的是施家橋的施氏二十一世裔孫，奉施耐庵為始祖。他說，整個陵園只有兩人管理。由於沒有撥款，陵園一直荒蕪著，每年只有一萬元左右的門票收入根本不夠費用。

現在各地都在尋找旅遊資源，放著這麼好的資源而不知利用實在可惜。即使政府無資金投入，也可吸收民間資本。如果把施耐庵陵園重新規劃修建，再加大宣傳力度，做好施耐庵這一品牌文章，借助施耐庵和《水滸傳》的名聲打造一個集吃、住、玩於一體化的景區，一定會有豐厚回報的。

《水滸傳》是中國古代長篇小說的開山之作。梁啟超曾給予高度評價：「《水滸》一書，為中國小說中錚錚者，遺武俠之模範，使社會受其餘賜，實施耐庵之功也。」胡適也說：「《水滸傳》是一部奇書，在中國文學史上的地位比《左傳》《史記》還要大得多。」自明嘉靖始，迄今《水滸傳》在國內的版本有五十餘種。許多國家都有《水滸傳》的譯本，日本的譯本多達二十餘種。這樣一位功臣，他的墓地不該如此荒涼。

訪問鄭板橋

訪問鄭板橋是興化之旅的重要內容之一。鄭板橋陵園位於興化市大垛鎮管阮村，與施耐庵墓相比，鄭板橋墓修建的顯然比較氣派。鄭板橋墓坐北朝南，圓形墓廓。墓碑上「鄭板橋之墓」五個大字為周而復題寫。由墓向南有一條入園中軸通道，通向門樓。門樓前聳立一座三門牌坊，牌坊上額書「板橋陵園」四個大字。墓四周有波浪形圍牆，牆的左右內側嵌有板橋書畫石刻八塊。墓區松柏林立，翠竹叢生，綠樹環繞。墓的西、北鄰河，建有護坡駁岸和欄杆。據說墓地是鄭板橋生前親自選定的，墓地是五條河匯聚地，人稱五龍戲珠。一般說三條河匯聚多，四條河匯聚地少，五條河匯聚地更是罕見。墓地東側為「鄭板橋陵園陳列室」，迎門正室掛有康有為弟子肖嫻書寫的對聯：「三絕詩書畫，一官歸去來」，費新我書「七步才子」匾。室內正中有鄭板橋半身銅像，掛有複製的鄭板橋書畫作品及反映鄭板橋生活場景的木雕作品等，西院有鄭板橋書法碑廊。掛著「廉正閱覽室」牌子的西廂房鐵將軍把門，估計為迎接檢查學習之用。鄭板橋絕對不會想到百年之後他會成為廉正建設的宣傳工具。

返回市區後，我們來到位於鄭家巷的鄭板橋故居，鄭板橋故居面積很小，就是一般的清代民居，小門樓上有趙樸初題寫的「鄭板橋故居」的匾額，迎門是劉海粟題寫的「鄭燮故居」牌匾。院子極小，三間正房，中間會客廳，正中掛著徐渭自題居室的對聯：「水夕蒼蚊殘夏扇，河間紅樹早秋梨。」徐渭號青藤老人，鄭板橋對他的作品讚歎不已，曾不惜以五十金換他畫的一枝石榴，並刻一印曰「青藤門下走狗」以表示對徐渭的折服。兩旁為臥室，與揚州的朱自清故居陳設大致相同。朝北南屋三間，門上方有鄭板橋親書「聊避風雨」四字，充分體現了鄭板橋儉樸思想。小書齋、廚房各一間。小書齋的匾額由鄭板橋題寫，多年前，我曾買過一幅「小書齋」的拓片掛在自己的書房，沒想到鄭板橋的小書齋竟是那樣的小，大約十平方米的小房間，門外幾叢翠竹，他在書房裏便可透過窗紙，欣賞竹影，就像在欣賞一幅天然的圖畫。他曾說：「凡吾畫竹，無所師承，多得於紙窗粉壁日光月影中耳。」怪不得畫竹成了他的主要題材。小廚房在天井的西側，六角小門，只有四五個平方大小。迎面是一幅板橋體對聯：「白萊青鹽粯子飯，瓦壺天水菊花茶。」

鄭板橋到山東做官後，這舊宅便由嗣子鄭田一家居住，鄭板橋辭官後無處居住，就去找密友李鱓，李鱓乃將浮漚山館書齋東邊不遠處幾間樓閣式書屋劃出讓板橋居住。板橋入住其間，自題匾額「聊借一枝棲」懸於堂上。後來，李鱓又資助他在浮漚山館北側建成一所園林式別墅。板橋將這裏命名為「擁綠園」。「擁綠園」毀於戰火，興化市政府在鄭板橋故居西側仿原貌重建了「擁綠園」。

大凡名人都有傳說，為表明鄭板橋為官清廉，據傳他辭官回家，「一肩明月，兩袖清風」，惟攜黃狗一條，蘭花一盆。一夜，天冷，月黑，風大，雨密，板橋輾轉不眠，適有小偷光顧。他想，如高聲呼喊，萬一小偷動手，自己無力對付，佯裝熟睡，任他拿取，又不甘心。略一思考，翻身朝裏，低聲吟道：「細雨濛濛夜沉沉，樑上君子進我門。」小偷聞聲暗驚。繼又聞：「腹內詩書存千卷，床頭金銀無半文。」小偷心想，不偷也罷，轉身出門。又聽裏面說：「出門休驚黃尾犬。」小偷想，既有惡犬，何不逾牆而出。正欲上牆，又聞：「越牆莫損蘭花盆。」小偷一看，牆頭果有蘭花一盆，乃細心避開，足方著地，屋裏又傳出：「天寒不及披衣送，趁著月黑趕豪門。」

傳說總歸是傳說，一位做過縣官的人，何況可以用書畫賣錢的書畫家還不至於如此寒酸。他曾自擬書畫潤格：「大幅六兩，中幅四兩，書條對聯一兩，扇子斗方五錢。凡送禮物食物，總不如白銀為妙。蓋公之所陝，未必弟之所好也。若送現銀，則中心喜稅，書畫皆佳。禮物既屬糾纏，賖欠尤恐賴賑。年老神疲，不能陪諸君子作無益語言也。」賣出幾幅畫就可相當於平民百姓全年的收入。

「衙齋臥聽蕭蕭竹，疑是民間疾苦聲，些小吾曹州縣吏，一枝一葉總關情」。「咬定青山不放鬆，立根原在破岩中。千磨萬擊還堅勁，任爾東西南北風。」鄭板橋的這兩首詩是他憂國憂民的最佳寫照以及表現出他剛正不阿、寧折不彎的堅韌性格。

鄭板橋之所以有名，或許是因了他傲岸正直，狂放不羈的個性吧。

寂寥古巷，承載著昔日輝煌

興化金東門保留了一片明清時期的古街區，我們來到興化古街，由輻輳街向東至後街，後街的臨街房子很小，只有十幾平方的樣子，屋門都是敞開的，一些老人進進出出。這些房子以前都是沿河而建，門前原來是一條米市河，東門米行運送米的河道。興化四面環水。米市河上由西而東，橫跨著許多小橋。原先曾有一個很大的碼頭，南北兩岸糧行店鋪鱗次櫛比，恰似一幅《清明上河圖》。現在米市河已被填平，但仍能想像的出這條河流昔日的繁忙景象。

從米市河走進家舒巷，走在這一條幽深的小巷。就馬上想到北京周作人的故居八道灣和揚州朱自清故居的安樂巷，但又有不同。逼仄的巷子只有一米多寬，即使人力三輪車也不好通過。我說：「過去土地也不像現在這麼金貴，為什麼巷子搞得這麼窄？」曉銘說：「過去這兒也是寸土寸金，有些巷子更窄，只能一人通過。」

曉銘從小在興化東門長大，對巷子非常熟悉，如果不是他的帶領，真不知會轉到哪裡去，巷子裏好多人都認識曉銘，不時有人打招呼。看著窄窄的巷子，不禁為這兒的居民擔心，如果有了火災，上天也無能為力。曉銘說，家家有水井，而且每家之間都有防火牆，一旦走水也不會殃及他人的。

我們在一家門前坐下來休息，聽曉銘介紹古巷歷史。古巷所處的位置屬於興化的東門，過去多數都是從東門進城，因此，在明、清以來，逐漸成為糧食、蔬菜、瓜果、魚蝦等農副產品的集散地，商業、手工業、金融、文化、醫藥等百業興盛。當時，興化東門地段可謂「小橋流水，古跡多，商貿興隆，人氣旺」，因此而稱「金東門」。曉銘說，許多大戶人家都在小巷子裏居住，不經意間推開一家大門，就可能遇到一位高人。

家舒巷中段有一個趙海仙洋樓，始建於清代，是一座仿羅馬建築形式的三層樓房。附有亭台、水池、假山等一套仿古園林院落。原為清代江淮名醫趙海仙的故居，據說該故居是由揚州大鹽商出資，江都某木行行主獻料，寧波匠人主建，為報答治病救命之恩聯合建造贈給名醫趙海仙的。洋樓的特色在於中西合璧，門窗全是木頭製作，柱子上全是精美的木雕。十二根整木柱由一樓至三樓，自下而上，一貫到頂。後來，興化市政府本著修舊如舊的原則對洋樓進行了修復，重現洋樓當年氣勢。

興化的小巷四通八達，出了家舒巷，就是東門外大街了，說是大街也不過是比小巷子稍微寬了些。大街兩側商鋪林立，行人摩肩接踵，熙熙攘攘，是金東門的核心地帶。東有一條向北伸展的狀元巷，是明嘉靖年間狀元李春芳早年生活的地方。李春芳，嘉靖二十六年以鼎甲第一成丁未科狀元。經六次升遷，於嘉靖四十四年為禮部尚書加太子太保兼武英殿大學士入閣拜相。到隆慶二年，五十八歲的李春芳繼徐階升任首輔，「累加少師兼太子太師，進吏部尚書，改中極殿」（《明史》列傳第八十一），由狀元而宰相。大街上的狀元坊始建於明嘉靖二十六年，遂在狀元坊下拍照留念，或許會沾上一點狀元的靈氣。

從狀元坊返回沿東大街西行，到街口是百年老店上池齋藥店，我們進店休息。上池齋建於清康熙年間，為揚州名醫方石川所建。根據《史記扁鵲傳》中「飲是上池之水，三十日當知物矣」的典故，定名為「上池齋」。藥店坐南朝北，前後兩進，磚木結構，仿石庫門形制。上下兩層，下為店堂，上為藥材倉庫，並設作中醫史料展覽館和中藥博物館；後進是平房，為制藥作坊。底層前廳開設藥鋪，開展經營。現在，上池齋店堂及陳設仍保持古色古香的歷史原貌和原物。

金東門還有許多以行業為名的巷子，如菜市巷、魚市巷、珠蕊巷、染坊巷、竹巷等。因時間關係沒有一一轉到，也為日後再訪興化留下藉口。

維揚風味，滿齒餘香

舊時興化的小吃攤多，像賣豆腐腦、油端子、油餅、插酥餅、餛飩、臭幹子、爛藕、炕山芋、糖葫蘆、糖人的小攤子到處都是。姜曉銘自小家庭條件較好，放學後，便流連興化小吃攤，他祖父開過興化城有名的「慶花園」飯店，「慶華園」老店店址在興化東門二鋪巷，「慶華園」在興化眾多飯店中以品位高、菜的花色品種多，傳統美味特色菜肴而聞名，「慶華園」的特色菜肴灌湯包子、蓋交面、烤鴨等，都是老興化人張口說來至今記憶猶新的美味。故他對飲食頗有研究，亦可稱為美食家。

到達興化的第一天，曉銘陪我聊到很晚才回家。臨走時，他說，明天早晨我請你吃早茶，吃燙乾絲。我當然明白吃早茶的意思，但不知道什麼是燙乾絲，以為乾絲是一種植物。翌日清晨，我與曉銘來到一座茶樓，跑堂的馬上送來茶水，曉銘點了生薑、紅棗、羅皮、花生米四個盤子，每人一份燙乾絲，另外還有南花餅、小籠包子、蝦餃等。等跑堂的把燙乾絲端上來，我才知道，所謂的乾絲原來就是豆腐皮切成的絲再放入薑絲，用沸水反覆沖燙，瀝乾水分，加入蝦米、醬油、麻油、味精，拌勻即成，味道不錯。

興化的早茶，不只是喝茶，而是要吃包子點心的。肉包、菜包、豆沙包、燒麥、蒸餃。尤其是要吃煮乾絲或燙乾絲。豆腐皮在興化叫卜葉或千張，傳統的乾絲不是用豆腐皮切絲，而是用豆腐乾做乾絲。煮乾絲在乾隆時期名「九絲湯」，即乾絲加火腿絲、筍絲、口蘑絲、木耳絲、銀魚絲、紫菜絲、蛋皮絲、雞絲，高檔的還要加海參絲或燕窩絲。燙乾絲是用潔白大乾劈成細絲，用開水燙泡裝盤，然後用芽薑切成細絲，覆於盤頂，乾絲潔白，姜絲金黃，另加一小撮蝦米，澆上黃豆醬油和純香小磨麻油，一經拌和，黃白相間，一碟食畢，齒頰留香。

興化四面環水，水產自然豐富，黃鱔、鬧蟹、龜、鱉、河鰻、沼蝦、白水魚、銀魚、大鯉魚、桂魚、昂刺、虎頭鯊等等出產甚豐，到了興化就少不了吃河鮮了。一盤燒河鮮，集螃蟹、蝦、虎頭鯊、昂刺於一盤，曉銘兄命名曰「蝦兵蟹將」，我倒覺得叫「群魔亂舞」更貼切些。

龍蝦是興化特產，稻田裏到處都是，龍蝦除作佳餚外，還有很高的食療作用。據有關藥用書籍記載，龍蝦肉味甘咸、性溫，具有補腎壯陽、滋陰健胃的功效，可以治腎虛陽痿、神經衰弱、筋骨疼痛、皮膚瘙癢等症。在興化的幾天，先後品嚐了紅燒、清蒸、水煮的龍蝦，做法不同，風味自然不同。吃龍蝦時，曉銘教我先去掉頭部，然後再扯開尾部，抽去背筋，再去掉龍蝦的小腿，然後再剝去厚皮。背筋其實就是龍蝦的消化系統，一般不注意的，都會連同背筋一起吃掉。

興化街頭有一些油炸臭豆腐的攤子，不時看到一些孩子拿著一串炸好的臭豆腐幹，邊走邊吃。晚上，吃飯時，就有一道菜是昂刺魚燉臭豆腐，昂刺魚是一種野生魚種，在山東叫嘎呀魚。興化的臭豆腐是把豆腐乾在莧菜乳中浸泡而成，經過油炸再燉，有一種特別的味道，口感好極了。

莧菜的汁液是紅色的，根莖經過發酵後的汁液就可以浸泡臭豆腐了，在山東沒有這種菜。曉銘說，在興化端午節要吃五紅，就是五種紅色的食物，其中包括蝦、黃鱔、莧菜、紅油鴨蛋和紅番茄。

興化菜屬維揚菜系，清蒸桂魚、清蒸甲魚、炒鯊魚片、醉蟹、清燉雞、醋溜鱖魚、蟹黃包子、水鄉米餅、水晶蝦仁、松花皮蛋、鹵菜熏燒鵝、炒蝴蝶片（黃鱔）等等，現在想來仍覺得滿齒餘香。

興化，我還要去的。興化萬畝油菜花盛開的迷人景象、興化的水上森林、興化的昭陽書院、東嶽廟。還有那麼多讓人垂涎欲滴的興化美食，更有熱情好客的興化文友，都在召喚著我。

興化，我一定還要去的！

二〇〇九年五月十三日至十九日於秋緣齋

【原載二〇〇九年第四期《新泰文化》（山東）】

南行紀事

己丑初夏，余前往寧波參加中國閱讀學研究會年會，邀玉民兄同行。會議前後，曾至杭州、寧波、慈溪、上海、周莊等地訪友探勝，收穫頗豐，期間得到江南眾師友的盛情款待，遂將行旅記之，聊表謝忱。

五月二十三日，下午七時，與玉民兄從泰山火車站乘坐T177次濟南至杭州的列車開始了赴浙之旅。已有十幾年沒有乘坐火車了，偶爾體驗一下，感覺也不錯，只是臥鋪太窄，但比飛機舒服些。

十二四日，火車晚點，七點半到達杭州站。浙江省人力資源和社會保障廳副廳長朱紹平兄已等候了一個多小時。紹平兄先帶我們來到西湖，岸邊遊人如織，還有許多晨練打太極拳的。漫步堤岸，微風習習，完全沒有暑意。原來在揚州看到瘦西湖，現在見到了真正的西湖，妙不可言。生活在這兒的人真是幸福。

紹平兄說，浙江省圖書館前每週六都有舊書攤，當我們趕到圖書館，準備享受一下在人間天堂的淘書之樂時，卻發現一個書攤也沒有，不知什麼原因搬家了。

西泠印社位於西湖邊上，印社有一個圓形小門，給人以靜雅之感，沒有絲毫的張揚。西泠印社創立於清光緒三十年（一九〇四年），由浙派篆刻家丁仁、王禔、吳隱、葉銘等發起創建，以「保存金石、研究印學，兼及書畫」為宗旨，是海內外研究金石篆刻歷史最悠久、成就最高、影響最廣的學術團體，有「天下第一名社」之盛譽。吳昌碩為首任社長，李叔同、黃賓虹、豐子愷等為西泠印社社員，楊守敬、盛宣懷、康有為等為贊助社員。社址內有多處明清古建築遺址，園林精雅，景致幽絕，摩崖題刻隨處可見。紹平兄帶我們來到院子一角的石碑前，介紹說，是清代彭雪琴所繪的「西泠紅梅碑」。畫中一株枝粗蒼勁的梅樹主幹，居中拔地而起，形似虬龍騰空，其勢吞雲。樹上枝條扶蘇，綴上朵朵梅花，猶如漫天星辰。給人一種堅韌不拔，不屈不撓的感受。

在西泠印社書店裏買了兩本書，一是王佩智編著的《西泠印社摩崖石刻》，另一冊為沙孟海著《印學史》。《印學史》擬轉贈搞篆刻的朋友徐勤儉。

紹平兄要乘坐十一點的飛機趕到哈爾濱開會，九點半還要出席朋友篆刻展的開幕式，在與子張兄聯繫之後，便匆匆告辭了。

一會兒，子張兄趕了過來，子張係浙江工業大學人文學院教授，已有八九年沒見面了，平時只是電話書信聯繫，見面後倍感親切。

出西泠印社，與子張兄沿西湖東行，過西泠橋，路旁是蘇小小墓。《樂府廣題》載：「蘇小小，錢塘名娼也，蓋南齊時人。」《方輿勝覽》載：「蘇小小墓在嘉興縣西南六十步，乃晉之歌妓。今有片石在通判廳，題曰蘇小小墓。」此墓為二〇〇四年所建，成為一遊人必至的景點。墓體貼有瓷磚，四周光滑，任遊人盡情撫摸，沒有墓地的肅嚴感覺。一如生前，為人玩偶矣。

復前行，有武松墓，亦為後人所虛設，只為遊人增加一景點而已。

我們坐上環湖遊覽車，用了一個小時，圍著西湖轉一周。路上，司機邊走邊介紹湖畔名勝，西湖的形象和概念漸漸融入腦中。

中午，子張兄帶我們去好月亮茶樓喝茶。他說，在這兒可以喝一天，邊喝邊吃邊聊。我們也體驗了一把杭州人的閒適生活。

與子張兄作別後，乘坐大巴兩小時後到達寧波。寧波是副省級城市，全國五個計畫單列市之一，是開放城市，大街上老外隨處可見。當我們要打的去北侖區好麗登酒店時，計程車司機竟然要價一百三十元，問了幾個計程車都是這個價，說到北侖區有四十五公里。心想，是不是司機宰外地人呀。便給會務組負責人之一、南京藝術學院圖書館副館長陳亮打電話，正巧他與徐雁兄剛下火車，而且火車站就在汽車站的對面。與徐雁兄匯合後，包租了兩輛麵包車駛向北侖。徐雁兄問我《我的中學時代》編輯進展情況，我告訴他已經收到了李濟生、文潔若、來新夏、劉緒源、龔明德等二十多位先生的稿子，還有幾位先生正在趕寫，因出版社編輯限制文章的篇數，所以不能再約稿了。徐雁兄建議文章順序按作家年齡排列。

北侖區是新建的港口城市，距寧波市區果然很遠，四十多分鐘才到達北侖區好麗登國際商務酒店，入住該酒店最高層十八樓三號房間。

用過晚餐，見到了來自慈溪上林書社的童銀舫、勵雙傑和胡遐，贈他們每人一冊《尋找精神家園》和《泰山書院》。這次會議是由中國閱讀學研究會組織的全國「科學發展與全民閱讀」研討會，也是中國閱讀學研究會年會。與會人員大都是各地高校教授和圖書館人員。與全國民間讀書年會不是一個圈子，老朋友只來了上海的虎闈兄和《東方書林》雜誌主編鮑振華。

福建書法家、西泠印社理事林公武先生從家裏帶來了一套功夫茶具，朋友們都擠到他的房間裏品茗聊天。

回房間後，玉民兄已經睡了，我泡了一杯龍井，剛要開始寫日記，他說，開著燈他睡不著，他年齡大了，只好隨他。關燈後，摸黑喝了兩杯茶，上床休息。

二十五日，上午九點，會議在好麗登國際商務酒店二樓會議室舉行，來自二十多個省市的專家學者出席了會議。北侖區領導在致辭中介紹了北侖區情況，北侖區是一個新建的現代化港口城市，北侖港與世界上一百多個國家和地區的六百多個港口通航。年港口貨物吞吐量列大陸沿海港口第二位，列世界港口第四位。與會專家學者合影後，中國閱讀學研究會會長、河南大學教授曾祥芹做了年會主旨報告，副會長兼秘書長甘其勳做了學會工作報告。

下午，是大會發言，六位學者做了精彩的演講。這種會議與其他會議不同，無論是工作報告還是代表發言，都沒有空話套話，與會者聽得津津有味。中國閱讀學研究會自一九九一年成立以來，為開展與閱讀有關的課題研究，中國閱讀學研究會會員還在海內外報刊上，發表了數千篇有關學術文章，在各地組織讀書報告會。經過不懈的努力，現在部分高校已開始招收閱讀學專業研究生。

中午休息時，南通大學教授陳學勇先生到我房間聊天。陳學勇，筆名陳老萌、老萌。江蘇皋寧人。著有《才女的世界》、《淺酌書海》、《老萌夜讀》、《林徽因尋真》、《舊痕新影說文人》等，曾編有《林徽因文存》、《凌叔華文存》。與陳先生聊起秋緣齋藏有《林徽因文存》，他說，該書的詩歌部分漏掉了七行詩，很遺憾。回去後把漏掉的七行發到我的郵箱。遂向他約稿，寫回憶中學生活文章，他爽快地答應了。贈其《尋找精神家園》和《泰山書院》各一冊。我拿出朋友贈送的《守義•圖》，請先生在空白處題跋。陳先生題道：「文友相聚，人生一樂。與阿瀅先生晤於甬城樂而又樂陳學勇己丑」。陳先生說：「我曾在《文匯報》上寫了《寫毛筆字的尷尬》一文，這回兒你又讓我尷尬了一次。」

主編網刊《天涯讀書週刊》的藍紫木槿以前沒有聯繫，來甬城前，朱曉劍說藍紫木槿也將與會，並告知其供職於安徽大學圖書館。朱曉劍把我的手機號碼發給她，經短信聯繫後，在與陳學勇先生聊天時，她來我房間小坐，贈其《尋找精神家園》和《泰山書院》。

會議期間，還見到了以前只有聯繫而未曾謀面的朋友。《中國新聞出版報》「讀週刊」主編朱俠大姐也來參加了會議。廣東《悅讀時代》執行主編徐玉福是位企業家，自己有公司，還辦了一家職業學校。因愛書而與東莞市圖書館合作，並得到了中國閱讀學研究會的支持，以學會會刊的形式創辦了《悅讀時代》雜誌。玉福兄對楹聯頗有研究，曾撰寫出版有《媽祖廟宇對聯》一書。

在會上還結識了一些新朋友：國家商務部的陳江峰、《風流一代》副主編胡建松、《書香兩岸》副主編徐小麗、北師大教授于翠玲、雲南大學教授胡立耘……

會議文件袋裏裝有許多書刊：《悅讀時代》（東莞）、《泰山書院》（新泰）、《書香兩岸》（廈門）、《新碶文藝》（寧波）、《東方書林》（上海）、《上林書社》（慈溪）、《水仙閣》（海寧）、《爾雅》（太倉）、《梅村》爾雅特輯、《鄉下月》爾雅特輯、《今日閱讀》（蘇州）、《雨後丁香》白韻娟著等。

《深圳商報》社胡洪俠兄給我捎來了他主編的《私人閱讀史》平裝本一冊，在扉頁有簽名題跋。馬上給洪俠兄發短信致謝。洪俠兄打來電話說：「我給你的是精裝毛邊本，還沒寄出呢。」我說：「這本你也給我題跋了呀。」洪俠兄說：「想起來了，是徐雁給我提供了一個名單，怪不得我簽名時覺得郭偉這個名字熟悉。這個不算數，我馬上用快遞給你寄毛邊本，你回到家時大概就會收到了。」原來是徐雁兄代我討來的。平時與洪俠兄交流只用阿瀅，很少用郭偉這個名字。

二十六日，會議宣佈了中國閱讀學研究會新一屆領導成員名單。徐雁兄當選為會長，另有十三位副會長和十三位副秘書長。研究會下設閱讀學基礎理論研究部、閱讀課程教材研究部、書香校園建設部、兒童閱讀與閱讀心理研究部、國外閱讀研究部、文體閱讀研究部、中國閱讀文化史研究部、圖書館閱讀指導部、人文讀物研發部、網路閱讀研究部等十個部和快速閱讀聯盟、讀書報刊聯盟等兩個聯盟。每個部盟都設有主任、副主任、秘書、專員，余為讀書報刊聯盟專員。新當選的副會長中有位本家郭英劍，系中央民族大學外國語學院院長、教授、博士生導師。聽老會長曾祥芹介紹，郭英劍畢業於南京大學外國語學院，獲博士學位，後赴美國著名的「常青藤盟校」賓夕法尼亞大學英語系從事博士後研究，主要從事英美文學研究和文學翻譯研究。美國前總統夫人蘿拉‧布希曾致函郭英劍說：「布希總統和我非常感謝您對中美文化交流所作出的貢獻」。現主要從事英美文學、文學翻譯、英語教學與比較文學研究。主要學術成果為《賽珍珠評論集》、《美國東方主義》和《全球化與文化》等，文學翻譯代表作為《公眾的信任》、《誰是愛爾蘭人》。當他得知我為本家是很高興地與我交換了名片，並約定長期交流。

林公武先生是中國書協會員、西泠印社理事、福州印社社長，當然不能錯過了請他題字的機會，趁休息的當兒，他在《守義．圖》上題寫了「有朋自遠方來不亦樂乎林公武於甬己丑餘月」。

下午，會務組安排到阿育王寺和天一閣參觀遊覽。

阿育王寺位於寧波市鄞州區的阿育王山，創建於西晉時期，距今已有一千七百多年的歷史。阿育王寺之所以聞名中外，源於它有一座舉世矚目的舍利塔。相傳印度國王阿育王把佛陀舍利，分成八萬四千份，「令羽飛鬼，各隨一光盡處，安立一塔。」在中國，共建造了十九座舍利塔。寧波的阿育王寺的舍利寶塔是中國唯一保存下來一座寶塔。進入山門後，中軸線上依次分佈著天王殿、大雄寶殿、舍利殿、藏經樓；東側有鐘樓、念佛堂、客堂、先覺堂、大悲閣；西側為大壇、祖師殿、傳宗堂、碑閣、方丈室等建築。寺中有許多大和尚，我在鐘樓前拍照，一位和尚突然跑進鏡頭與我合影。心想，現在的和尚也耐不住寂寞了。那和尚年齡不小，帶著一付套袖，看樣子是位幹粗活、級別不高的和尚，否則，不會這麼輕浮。

天一閣是中國現存年代最早的私家藏書樓，也是亞洲現有最古老的圖書館和世界最早的三大家族圖書館之一。始建於明嘉靖四十年（西元一五六一年），由當時退隱的兵部右侍郎範欽主持建造。范欽平生喜歡收集古代典籍，存書達到了七萬多卷。隨著余秋雨的《風雨天一閣》一文的傳播，天一閣更是進入了尋常百姓的視野。天一閣是天下愛書人心中的聖地，拜謁天一閣也是這次赴甬的主要目的之一。我沒有跟著導遊的講解參觀，我要自己感受天一閣所獨有的神韻。

在天一閣博物館工作的應芳舟打來電話，問我是否到達天一閣。此前，天一閣博物館給我來信徵集拙著，作品能被天一閣收藏乃作者大幸，遂把拙著及拙編十幾種寄到天一閣。不久接到應芳舟電話稱要寄收藏證書。我告訴他，過幾日我就來寧波開會，會議安排到天一閣遊覽，順便取收藏證書。來到應芳舟所在的天一閣博物館藏書文化資料室。應芳舟把該館收藏證書交給我，並為我找了一套由該館主編、寧波出版社出版的《天一閣文叢》第一至六輯相贈。《天一閣文叢》是二〇〇四年十二月天一閣博物館為了加強與國內外學術界和藏書文化界的聯繫，為藏書文化研究者提供交流平臺，而創辦的一份連續性出版物《天一閣文叢》。《文叢》每年一輯，由任繼愈、來新夏等任顧問，由相關部門領導和國內外專家組成編委。能湊齊這麼一套學術雜誌，很是難得。

從天一閣出來，海寧市《水仙閣》雜誌主編子午源（陸子康）看到我提著一包書，說：「阿瀅是真正的愛書人。晚上，我送你一本書。」晚餐後，他來到我房間，帶來了一本《瓷器上的文人畫》（二〇〇六年四月浙江大學版），內文為銅版紙彩印，書中所收錄瓷器均為子午源兄個人所藏。他在扉頁題道：「人生最是感動時阿瀅先生雅正陸子康〇九年五月」。

子午源先生所在的海寧市有王國維故居，徐志摩故居，都是應該去前往拜謁的。另外，海寧潮也很有名，海寧潮又稱浙江潮、錢江潮，以「一線橫江」被譽為「天下奇觀」。海寧觀潮之風漢時即已蔚然，唐宋時更盛。「早潮才落晚潮來，一月周流六十回」。海寧潮一日兩次，白天稱潮，夜間稱汐。有機會一定前往一觀。

二十七日，會議結束了。由於端午節的緣故，從寧波無法訂到去泰山的臥鋪票，我給上海物資集團進出口有限公司老總袁繼宏兄打電話，讓他給我訂兩張從上海去泰山的臥鋪票。

與會者有些跟旅行社去舟山群島遊覽普陀山，我則與徐雁兄、陳學勇先生、林公武先生一行十人前往慈溪市。慈溪市是屬寧波代管的縣級市，春秋時屬越，秦代設縣，古稱「句章」，至唐開元二十六年（西元七三八年）始稱慈溪。因治南有溪，東漢董黯「母慈子孝」傳說而得名。常住人口一百零三萬，外來人口一百多萬。區域經濟基本競爭力，全國同級城市排名第十一位，是長江三角洲南翼的工商名城，是具有國際影響國內一流的生產和製造基地。

在慈溪朋友的引導下，車子在慈溪市新華書店樓前停下。左側是市圖書館大樓，館名由慈溪籍作家、學者余秋雨題寫。單從氣勢恢宏的圖書館大樓就可以看出當地政府對文化的重視。慈溪市讀書愛好者協會又名上林書社，成立於二〇〇八年十一月，書社設在新華書店三樓。書社創辦了一份讀書雜誌《上林書社》。在座談會上，社長童銀舫介紹說，辦《上林書社》雜誌，市政府撥款十萬元作為開辦經費。一言既出，眾人皆驚。陳學勇先生說：「政府撥款十萬元辦讀書雜誌，我回去要大力宣傳。」我在談話中也對慈溪市政府的這一舉措大加讚賞，一個社團讀書組織竟能得到政府的大力支持，實在太難得了。

座談結束後，上林書社贈予我們每人一袋書，都是書社成員的作品。童銀舫知道我藏志書，特意給我找來了一部簡本《慈溪縣誌》。其他贈書有：《流響集》（二〇〇八年十二月大眾文藝版），童銀舫著，散文隨筆集；《上林集》（二〇〇六年五月人民日報版），童銀舫著，隨筆集；《又見梨花開》（二〇〇七年一月大眾文藝版），胡遐著，小說、散文集。胡遐係慈溪市作家協會秘書長、上林書社副社長、《慈溪工商》雜誌主編；《敬畏厚土》（二〇〇七年一月大眾文藝版），陳墨著，散文、詩歌、小說合集，陳墨係慈溪市上林書社副社長兼秘書長；《慈溪余姚家譜提要》（二〇〇三年十一月瀨江版）勵雙傑著；《中國家譜藏談》（二〇〇八年十一月山西古籍版），勵雙傑著，由於該書雙傑已給我寄過，遂請雙傑為袁繼宏簽名。

用過午餐，我們一行到勵雙傑的千乘樓參觀。勵雙傑的家在慈溪市郊一個河邊的普通兩層樓房裏，二樓的書房簡直就是書店的庫房，四壁全是線裝本的族譜。有好多還堆在地上。千千乘樓又名思綏草堂，齋名由來新夏先生題寫，由於四壁都是書架，齋名牌匾卻無處可掛。千乘樓裏收藏的族譜已達一萬多冊，是目前中國個人私藏族譜第一人。在書房裏都在尋找著自己感興趣的資料。我發現一套山東肥城的《展氏族譜》，遂拿出翻閱，該族譜為和聖柳下惠（展禽）族譜，為民國五年石印本。該譜一函七冊，分別為頭冊、次冊、天部、地部、人部、忠孝部、風雅頌部。在頭冊前有「兗邑祠廟神像圖」、「泰邑和聖祠廟神像圖」、「和聖祠墓神像圖」、「受命卻齊犒師圖」、「食邑柳下書堂圖」等，在聖祖（柳下惠）年譜中記載：「二十六歲遠行，夜宿於郊，時天大寒，有一女子趑趄，恐其凍死，乃令坐於懷，以衣覆之，至曉不亂。」遂拍照，待回家仔細研究。可惜時間不允許，只是粗粗地觀看了一下，便與眾人離開。徐雁與林公武留在慈溪，阿福回寧波，我則與玉民、鮑振華及徐雁女弟子唐曦去上海。此行收到的贈書太多，不方便攜帶，便委託勵雙傑用快遞發回新泰。

從慈溪去上海要經過剛剛通車一年的杭州灣跨海大橋，大橋橫跨杭州灣海域，全長三十六公里，是世界上最長的跨海大橋，比連接巴林與沙特的法赫德國王大橋還長十一公里。杭州灣大橋二〇〇二年經國家計委批准立項，二〇〇三年五月八日奠基，二〇〇八年五月一日建成通車，設計使用年限一百年，總投資約一百一十八億元。大橋兩側的欄杆每五公里一種顏色，總共七種顏色。

到達上海時，天色已晚。打的趕到袁繼宏兄安排的一家五星級賓館——古象大酒店，袁繼宏兄和提前返回上海的虎闈兄已在大酒店等候。繼宏兄為我安排好房間後，便帶我們到附近的王寶和大酒店為我接風，大廳裏除了我們一桌外，全是老外，嘰裏呱啦地聊天。繼宏兄第二天要外出，無法陪我。他特意安排了一輛車，讓我去周莊旅遊。周莊是我嚮往已久的水鄉古鎮。我問，晚上就要返回山東，來得及嗎？繼宏兄說，周莊就在上海邊上，下午四點多鐘就可以回來了。虎闈兄說：「你回來後，我陪你去淘書。」虎闈兄出門幾天也累了，便婉言謝絕。虎闈兄說：「這樣吧，我給你寫個條子，他們會給你優惠的。」說著讓服務員拿來了紙筆，寫道：

諸位同事：

有山東書友郭偉兄來滬，到我店來購書，拜託眾同仁給八折優惠。

我因有事不能陪同，給你們添麻煩了，謝謝。

致禮

陳克希敬上

二〇〇九、五、廿七

我說：「這信不能留給他們，我要收藏了。」眾人皆笑。

用過晚餐，步行來到著名的南京路。南京路是上海市最繁華的街道之一，過去曾被稱作「十里洋場」。現已成為名副其實的「中華第一街」，也是來上海觀光旅遊的必到之處。晚上的南京路霓虹燈閃爍，人來人往，熙熙攘攘，摩肩接踵。在南京路與虎闈兄拍了幾張合影後，繼宏兄開車帶我們來到上海展覽中心，此前為中蘇友好大廈，前身是有名的猶太人哈同花園，是一片俄羅斯風格的建築物，很是壯觀。

夜上海的帷幕只拉開了一角，她的炫麗、恢弘彰顯出國際都市的氣勢。這是一個充滿誘惑的城市！

二十八日，幾年前，朋友外出旅遊，帶回了一組圖片，被畫面中的「小橋、流水、人家」的景象所陶醉，我問，這是哪兒？這麼漂亮。朋友說，周莊。從此，周莊便印在了腦海裏，心想，有機會一定去周莊看看。

我每次出門前都要查看該地的縣誌或資料，做到心中有數，遊玩也有的放矢。這次去周莊是一個意外，沒有一點心理準備。當車子駛出上海時，心裏還是激動的，急於見到慕名已久的江南水鄉。

周莊位於蘇州的昆山市，古鎮區內河道呈井字型，民居依河築屋，依水成街，河道上橫跨十四座建於元、明、清代的古橋樑，吳冠中曾說「黃山集中國山川之美，周莊集中國水鄉之美」，因而周莊有「中國第一水鄉」之稱。

到達周莊後，因司機曾多次遊覽，便讓其獨自休息，我與玉民兄進入景區。我憑記者證免費進入景區，玉民兄憑老年證享受半價優惠。

小橋、流水、人家的景象已入眼底，河兩岸店鋪林立，呈現一派古樸、明潔的幽靜，首先進入視野的是全功橋，橋牌立有一碑，碑文曰：「全功橋，俗稱北柵橋，始建於清順治三年（一六四六年），乾隆三十五年（一七七一年）重建，此橋東西走向，跨於北市河上，係花崗石質地，單孔拱橋，保存較好，是周莊鎮現有最高大的古橋……」遂在橋前拍照數幀。

河邊飯店的主人不時的招呼客人進屋吃飯，一老外用流利的中文說：「下一次，下一次。」

張廳是周莊僅存少量的明代建築之一，廳堂內佈置著明式紅木傢俱，牆上掛著字畫，一副對聯較為特別：「轎從門前進，船自家中過」。五進院落顯示出主人的奢華。在後花園果然有一條小河穿園而過，河裏停有一船。在一牆壁上掛著江澤民視察張廳的圖片。據說，江澤民對張廳的「轎從門前進，船自家中過」表示出濃厚的興趣，在後花園憑欄遠望，隨口吟道：「似曾相識燕歸來，小園香徑獨徘徊。」

與張廳相比，沈廳更是氣派，沈廳是富商沈萬三的宅邸。沈萬三曾支持過張士誠的大周政權，也得到過張士誠的表彰。明初，朱元璋定都南京，嚴懲支持張士誠的商戶，因劉伯溫說情，而免於懲治，但罰其助築都城三分之一。《明史》載：「洪武時，富民沈秀者助築都城三分之一，請犒軍，帝忍曰：匹夫犒天下之軍亂民也，宜誅之。後諫日，不祥之民，天將誅之，陛下何誅焉！乃釋秀，戍雲南。」

沈萬三作為一個商人自持為朱元璋造築了南京城牆有功，還溜鬚拍馬地想為朝廷犒軍，沒想到犯了大忌，差點丟了性命，發配到雲南度過了他的餘生。這也是商人結交權貴的一個悲劇。

沈廳整體結構嚴整，局部風格各異，又處水鄉古鎮越發顯得光彩奪目。

到了水鄉，自然要體驗一下坐在小船上暢遊古鎮的情趣。花了八十元船票，我與玉民兄登上了一隻木船。船娘是一位敦實的中年婦女，剛剛坐穩，她就說：「你們坐我的船也是一種緣分，要不要我唱一個江南小調給你們聽聽？收費不高的。」如果是位秀麗船娘，到可欣賞一下，若她的嗓音也與她的長相一般，豈不大煞風景。遂擺手制止。

船在河中拐來拐去，深深地陶醉在如詩如畫的景象中，手中的相機不停地拍攝，等船靠岸，上岸後，竟分不清東西南北。此時，方向感已不重要，只是隨著人流前行。似乎到了一個民俗區，路邊的店鋪有紡線者，有製作牛角梳者，亦有做傳統小鞋者……

司機打來電話，約用午餐，這才發現已近下午二時，此時，已不識來時之路，問出口，說有多個，遂找最近一出口出來。

返回上海後，因外灘附近修路，而去了東方明珠旁的黃浦江畔，還去看了一些上海的標誌性建築。本想去書城淘書，但玉民兄嫌累未去。到上海而未淘書，甚憾！

在上海由於時間太短，沒能前往拜訪黃裳、陳夢熊、豐一吟等文化老人。只好等以後有機會再去了。

晚上，乘坐九點五十分T一〇六次列車，踏上了回家的旅途。

二十九日，早晨六點半，到達泰山站，轉客車於八點半到家。

此行，在周莊走路太多，大累。洗澡後，便倒床大睡，下午二時方起。見各地師友的郵件已積攢一堆矣。

二〇〇九年五月二十三日—二十九日

【原載二〇〇九年第五期《悅讀時代》（廣東）】

探訪千乘樓

余喜聚書，以文史為主，尤愛方志、家譜。丙午年末，收到一浙江郵件，為二〇〇八年一月山西古籍版的《中國家譜藏談》一冊，係浙江慈溪家譜收藏家勵雙傑所著，來新夏題簽，徐建華序之。書前附有部分家譜書影。勒口有作者簡介，作者自上世紀九十年代開始，經手、過眼、編目的家譜近十萬冊，其千乘樓藏一九四九年以前所修家譜逾萬冊。收錄於《浙江家譜總目提要》及《中國家譜總目》之家譜數量為私藏之最。

《中國家譜藏談》一書介紹了作者所藏的稀姓家譜、合姓家譜、複姓家譜、彩繪家譜、紅印本家譜、少數民族家譜、紅色名人家譜、邊緣譜牒等，並配有大量的家譜圖片，既有觀賞性又具資料性。書中夾有一張作者名片，隨即與勵雙傑取得了聯繫，此後不斷魚雁往還，探討家譜的收藏與研究。看到古籍充盈的千乘樓圖片時，就想，勵雙傑生活在這汗牛充棟的古籍堆裏是何等的愜意，何等的幸福。有機會也一定去看看雙傑的千乘樓。

二〇〇九年五月份，中國閱讀學研究會在寧波舉辦年會，南京大學徐雁教授約我會後一起去慈溪訪友，正合我意。會議結束後，便與徐雁、陳學勇、林公武等人前往慈溪。慈溪市屬寧波市代管的縣級市，城建規模超過了北方的一些地級市，單從氣勢恢宏的圖書館大樓上就可以看出當地政府對文化的重視。

勵雙傑住在慈溪市郊一個河邊的普通的小院，院子裏一座兩層樓房，樓前一顆結滿果實的柚子樹。一樓的陳設極其簡單，只有一個方桌、幾把竹椅，沒有一件像樣的傢俱，真不敢相信身處富庶之地竟有如此簡陋的陳設。

上了二樓就像進了書店的庫房，四壁書架上全是線裝本家譜。還有好多堆在地上。千乘樓又名思綏草堂，齋名由來新夏先生題寫，由於四壁都是書架，齋名牌匾卻無處可掛。樓上的寶藏與樓下的簡陋形成了強烈的反差。勵雙傑搞家譜收藏始於一九九三年，當時，他在一個古玩市場看到一套《西華顧氏宗譜》，第一次見到這種深藏民間，一般秘不示人的家譜，就產生了一種衝動。問了一下價格，對方答曰，一共三十二冊，索價一千元。他也沒仔細翻閱，還價伍佰元，把這套家譜買了下來。雙傑說：「這是第一次接觸家譜，對家譜如果有什麼概念的話，要從這部《西華顧氏宗譜》算起。但就是這第一次，給我如此強烈的衝擊，並且在以後的歲月裏，能一直保持著同樣震撼、特殊的感覺。這也許是一種與生俱來的固有本性，家譜成為我生命中最重要的組成部分。」

千乘樓所藏的家譜中還有許多名人家譜，像李鴻章的《合肥李氏宗譜》、粟裕大將的《粟氏族譜》、毛澤東的《韶山毛氏族譜》、楊開慧的《蒲塘楊氏六修族譜》、彭德懷的《湘鄉久溪彭氏續修族譜》、徐向前的《五台徐氏宗譜》、黃炎培的《黃氏雪谷公支譜》、胡耀邦的《安定胡氏族譜》……

家譜不同於一般的古籍，收藏者都是作為傳家寶一代代往下傳的，絕對不會出賣自己的家譜。雙傑收藏了那麼多的家譜，沒有一套是直接從本家族中買來的。一次，他根據朋友提供的資訊，到一農戶家看譜，正巧，老人在院子裏晾曬家譜，老人聽說雙傑是來看家譜的，就把他和以前曾來買他家譜的當成一個人，老人性格倔強，拿起家譜，隨手扔進了一旁的火爐，並說：「老祖宗的東西，不賣！」雙傑趕緊把家譜搶出來，連說：「不賣不賣，我也不買。」

千乘樓裏的每一部家譜都有著不同的來歷，背後都有一個精彩的故事。雙傑收藏家譜以來，與各地舊書商、古玩商建立了廣泛的聯繫，只要有家譜出現，都會和他聯繫。一九九九年除夕，他接到嵊州一位書商的電話，說有一部咸豐五年敦本堂木活字本《董氏宗譜》，該譜僅印了五部，其中有泥金所書一十二頁，泥金寫本在古籍中並不多見，是難得的家譜珍品。但當時正值過年，無法抽身去嵊州，待年後再去時，家譜已被人買走。與一部珍貴家譜失之交臂，使他懊惱不已。值得慶幸的是，半年後，雙傑在一家古玩店裏看到了這部使他一直耿耿於懷的家譜，雖以高出原價兩倍的價格購得，仍喜出望外，珍若拱璧。這種失而復得的機會並不多見，一次，雙傑買到一套《湘潭馬氏族譜》，五十五卷，還沒仔細研究，被一位馬姓朋友纏著轉讓，因抹不開面子，便讓給了朋友。後來得知，這套家譜竟是臺灣馬英九的家譜。但已經給了朋友，就不能再去索回。以後，再也沒有遇到這套家譜。

《韶山毛氏族譜》是他一直惦念於心、孜孜以求的族譜。蓋譜於清乾隆二年（一七三七年）創修，此譜上下兩卷兩冊。現國家圖書館僅存卷下殘本；光緒七年（一八八一年）二修；宣統三年（一九一一年）三修；民國三十年（一九四一年）四修。最初的《韶山毛氏族譜》除了國家圖書館的殘本已無存，其餘二修、三修、四修族譜，共二十二卷二十二冊。要想收集齊全談何容易。直到一九九五年，雙傑才在廣州一家古玩店裏看到一冊《韶山毛氏族譜》，但老闆說是鎮店之寶，不賣。到了二〇〇一年，根據湖南一位書友提供的資訊，他花了兩萬多元買到了十五冊殘本。後來，千方百計四處尋覓，終於把二修、三修、四修《韶山毛氏族譜》二十二冊配齊了。雙傑把二十二冊族譜全部攤開擺在地上，他也坐在地上與《韶山毛氏族譜》面對面坐了兩個小時，本來不喝酒的他，打開了一瓶乾紅葡萄酒，一邊品酒，一邊欣賞他好不容易淘來的寶貝，心裏就別提那個美了。雖然花費了四萬多元人民幣還有六七年的時間和精力，但他覺得值。

葉靈鳳說：「藏書家不難得，難得的是藏而能讀。藏書而又能讀書，則自然將心愛的書當作自己的性命，甚至重視得超過自己的性命。」藏書而不知讀，猶弗藏也。我曾參觀過一位藏書人的書房，他收藏了數千冊圖書，其中不乏精品，與之交流，卻發現他不讀書，隨問之，不讀書藏書何用？他說，為子孫留下一筆財富。若其子孫與他一樣，那書便失去了存在的意義。勵雙傑不但藏書，每收到一種家譜，便悉心研究、考證，有關譜學文章發表於《尋根》、《北京日報》、《天一閣文叢》、《譜牒學論叢》、《中國商報》、《藏書報》等報刊。並出版了《慈溪餘姚家譜提要》、《中國家譜藏談》等學術著作，《千乘樓藏名人家譜》初稿也已完成，正在修訂中。二〇〇八年三月，勵雙傑應邀參加由北京大學、南開大學、美國猶他家譜學會等單位主辦的地方文獻國際學術研討會，並在大會上作了《家譜與地方文獻》的專題發言。

尤其出乎意料的是，他還以藏書為題材，創作了一部長篇小說《陽謀》，在博客和論壇上連載後，受到了眾多網友們的追捧。

我問雙傑，搞家譜一共花費了多少資金。他說，沒統計過，保守估計應該有數百萬了吧。家譜由於存世少，一般又不會出賣，因此價格也高於一般古籍。有時購買一套家譜就要花費幾萬元，妻子經常取笑他：「買家譜時熱血沸騰，回家查存款四肢冰冷。」夫唱婦隨，沒有妻子的理解和支持，雙傑是無法取得這些成就的。難怪美國哈佛大學燕京圖書館善本室主任沈津在來過千乘樓後，撰文認為勵雙傑毫無疑問是中國民間收藏家譜的魁首，並稱他「富可敵省」。

在勵雙傑的千乘樓裏，來訪的客人們都在尋找著自己感興趣的資料。我發現一套山東的《展氏族譜》，拿出翻閱，該家譜為和聖柳下惠（展禽）家譜，為民國五年石印本。該譜一函七冊，分別為頭冊、次冊、天部、地部、人部、忠孝部、風雅頌部。在頭冊前有「兗邑祠廟神像圖」、「泰邑和聖祠廟神像圖」、「和聖祠墓神像圖」、「食邑柳下書堂圖」等，在聖祖（柳下惠）年譜中記載：「二十六歲遠行，夜宿於郊，時天大寒，有一女子趑趄，恐其凍死，乃令坐於懷，以衣覆之，至曉不亂。」遂一一拍照，待回家仔細研究。

社會學家潘光旦先生也沉醉於搜集家譜，曾有人送他一副聯曰：「尋自身快樂，光他姓門楣。」這何嘗不是對勵雙傑的寫照呢。

二〇〇九年六月八日於秋緣齋

【原載二〇〇九年六月十二日《中國新聞出版報》（北京）】

人生驛站

憶趣童年

人的童年總是充滿歡樂，無論是窮人還是富人。我的童年時代是在農村度過的，我上小學時的學校條件十分簡陋，但卻沒有現在小學生那種壓力，整個小學生活充溢著農村孩子特有的快樂。

我的父母都是教師，我從小就生活在校園裏，兩三歲時，教師、學生每人都有一支紅纓槍，爸爸也給我做了一支，每天拿著紅纓槍跟在學生後面出操。我四歲那年，隨父母下放，回到老家，蓋了房子，購置了儲備糧食的泥甕、收割的鐮刀等，準備當農民種地。可不知為什麼父母沒有轉成農民，繼續留在老家的小學任教。我六歲上學，每天隨父母一道去學校。教室裏沒有課桌凳，是一排排用磚頭支起來的水泥板，凳子由學生自帶。有個姓葛的同學，家裏窮，帶了一個奇形怪狀的木墩子上學，於是，大家給他起了個外號「疙瘩木」。

學習的課程不像現在小學這樣復雜，只有語文、算術、音樂、體育。學習是在一種輕鬆的環境中進行的，家庭作業也不多。同學們最喜歡的是上音樂課，記得學的第一首歌是《火車火車嗚嗚響》，歌詞至今記憶猶新：「火車火車嗚嗚響，一節一節長又長，前面裝著優質鋼，後面裝著豐收糧，備戰備荒為人民，鐵路工人運輸忙。」

村中的兩條小溪在學校門前交匯，拐彎向北流入小汶河。吃過午飯後，和一幫同學按《瀏陽河》的調子自己編詞大聲吼：「郭泉河，彎過了幾道灣，三四里水路，到溝北崖……」

由於學校離家遠，每天早晨帶一個饅頭和一塊沒有醃製好的臘菜鹹菜，作為午飯。爸爸是校長，我稍微享有一些「特權」，放學後，就到辦公室，在爐蓋上放幾個爐渣，把饅頭放在上面烤得焦黃，然後，再把鹹菜烤熟，那種香味至今難忘。

由於我家戶口不在農村，只能從糧店裏賣米買面，有些農產品家裏沒有。每到節日，同學們都帶著好吃的食物給我，二月二的「蠍豆」是用坩子土炒黃豆，這種土可吃，過去挨餓時，就有人吃這種土，只是吃後排便困難。蠍豆也叫蠍子爪，大人就說，吃蠍豆不能掉到地下，否則，房上就會掉蠍子。想到高挺著毒針的蠍子，吃蠍豆時都小心謹慎地拿著，惟恐有一顆豆子掉到地上。後來，才知道是大人怕浪費豆子故意編造了房上掉蠍子的說法。六月六吃炒麵，炒麵是把麥子炒熟磨成麵，用糖水攪拌後，攥著吃。同學們帶來的炒麵有紅糖拌的，有白糖拌的，也有的家裏困難，用鹽水拌的。這個給我一塊，那個給我一塊，因此，在同學中我吃到的炒麵最多。

學校裏十幾位教師，只有父母和另外四個教師是師範畢業的公辦教師，其他教師都是從村裏找來的稍有文化的人，因此，教師素質普遍較低。老師教錯一個字，學生往往會錯一輩子。女兒上小學時，說偶數、奇數。我說，怎麼念奇（ji）數？應該是奇（qi）數。女兒說，老師是這樣教的。我拿字典一查，果真念奇（ji）數，我的老師教的卻是奇（qi）數，我竟錯念了三十多年。有一次放學後，學校組織教師考試，我在考場裏等爸爸一塊回家，一些老師悄悄地問我，這題怎麼做，那題怎麼做，當時，我感到奇怪，老師怎麼還問學生呢？

我寫的第一篇作文題目是《狠批神童詩》，至今還保存著，每次翻讀都感到好笑，第一段這樣寫：「『萬般皆下品，唯有讀書高。』是孔老二反動教育的一個重要組成部分。他的目的就是用『萬般皆下品，唯有讀書高』來毒害我們，只讓讀書，不讓到農田搞農業，看不起工農群眾，到工廠一竅不通，到農村五穀不分，拿著麥苗當韭菜。成為他們復辟資本主義的力量，把生產勞動污蔑為下品，鼓吹讀書最高貴……」，這樣的作文還有很多，像《狠批克己復禮》、《狠批天命論》等等，當時，根本不知道什麼是「克己復禮」，什麼是「天命論」。寫作文都是老師在黑板上把文章斷開，讓學生們再串起來，所以學生作文千篇一律，整個小學期間的作文都是這樣的，像《記一次有意義的活動》、《記一個刻苦學習的好學生》、《記一個好社員》、《大幹社會主義的帶頭人》，還有什麼《不為工分為革命》、《為革命學好文化課》等等。這樣的作文，沒有一絲童趣，沒有自己的思想，扼殺了學生的思維。

上三年級時，爸爸給我一本書——《戰地紅纓》，儘管書裏的文字認不全，剛讀了第一章，就被書裏的故事牢牢地吸引了，我發現了一個除了電影和小畫書之外的神奇的世界。課餘時間磕磕碰碰地讀完了那部書，把書裏的故事講給同學聽，他們也都聽迷了。當講到主人公和小夥伴為了對付地主家的一隻惡狗，把一個燒熟的蘿蔔扔給它，那狗一口咬住，吐又吐不出來，燙得嗷嗷直叫。大家聽了拍手稱快。從此之後，我便迷上了小說，以後又陸續讀了《大刀記》、《野火春風鬥古城》、《漁島怒潮》、《煤城怒火》、《烈火金剛》等小說。

感謝我的爸爸，是他的一本書確定了我一生追求的目標，正是讀了《戰地紅纓》，培養了我的讀書興趣，從而走上了文學道路。淘書、讀書、藏書、寫書形成了我的人生軌跡。因此，對於《戰地紅纓》有一種特殊的情感，這本書，我一直保存著，先後讀過三遍，並在朋友中流傳，同學借去，我都在他們讀完後及時收回，惟恐丟失了這一寶書。經過歲月的磨礪，《戰地紅纓》封面也在流傳中損壞了，我又包上了新書衣，放在了書櫥的最裏面，珍藏起來。後來我在孔夫子舊書網流覽舊書，無意中看到《戰地紅纓》的名字，不由得眼睛一亮。《戰地紅纓》是我讀的第一部書，幾十年來記憶猶新，看到了它，那感覺就像偶遇多年沒有消息的初戀情人，有驚喜，有興奮，還有一絲新奇。我馬上訂購了一冊，書的品相完好，但時過境遷，也再沒有讀一遍的興趣了。

小學生活儘管單調，但沒有學習的壓力，放學後，書包一扔，就可盡情的玩耍，去釣魚，去捉螞蚱，去捉迷藏……晚上，大聲地唱著「大小的孩，都出來玩，牛肉包子饞小孩……」滿街亂竄。

現在回憶起來，我應該感謝那段生活，如果小學時代在城市裏度過，那些樂趣也許就迥然不同了。

二〇〇八年十月二十六日於秋緣齋

一九七六年的初中生

我進入初中學習是一九七六年，也是中國多災多難、動盪不安的一年。這一年中，周恩來、朱德相繼去世，緊接著發生了舉世震驚的唐山大地震，二十多萬人在剎那間被奪去了生命。當人們還處在恐慌之中時，被神化了的毛澤東也離開了人世。隨後，「四人幫」被打倒。

「四人幫」的倒臺標誌著文化大革命的結束，但「文革」遺風尚存，大喇叭裏的革命歌曲換成了常香玉的河南豫劇：「大快人心事，揪出四人幫。政治流氓，文痞，狗頭軍師張，還有精生白骨，自比則天武後，鐵帚掃而光。篡黨奪權者，一枕黃粱夢……」我們趕上了大字報熱潮的末班車，老師領來了筆墨紙張，發給學生，寫批判「四人幫」的大字報。對於十三四歲的初中生來說，怎麼瞭解那四位經常在放映電影前加映的《新聞簡報》威風凜凜的中央領導的罪行呢，我們只好從報紙上抄錄一些一知半解的批判文章交差。不上課寫大字報，在平時沒有這樣的機會，同學們異常興奮，一個個龍飛鳳舞，過足了癮。班長拿著這些寫得歪七扭八的大字報，帶領同學們貼的到處都是。

因為唐山地震的影響，全國陷入恐慌之中，不時傳出哪天有地震的小道消息，家家戶戶在院子裏搭建起防震棚。我家把一張大木床抬到院子中央，在四條床腿上綁上木棍，撐起一個棚子，上面搭塊塑膠布，一個簡易防震棚就這樣建成了。一家人擠到裏面睡覺，倒是感到新鮮、有趣。一個下雨天，哥哥的同伴聚在我家打撲克，我則坐在門口看小說，為了防震，把一個酒瓶頭朝下、底朝上放在桌子上，只要有震感，瓶子就會倒下。打撲克的吵鬧聲也沒影響我讀書，他們正在爭執中，瓶子「啪」地一聲掉在地上摔碎了。「地震啦！地震啦！」人們大喊著向天井裏跑。當驚慌失措地站在雨裏時，我竟然不知道自己怎麼出來的。大家似乎都沒感到天在下雨。過了一會兒，也沒見房屋晃動，這才突然醒悟：「是誰碰倒了瓶子？」

學校不敢在教室上課，於是，各班級由班主任帶領，分散到沒有房屋的樹林中上課，換了環境，同學們都很新奇，學習並沒有落下。冬天到了，家家都挖了半地下的防震棚，在院子裏挖一米多深，就像新疆的地窨子，便於保暖。我們也不能在室外上課了，學生們又被圈回教室，老老實實地讀書學習。

我在小學期間養成了讀小說的習慣，到了初中更是胃口大開。一部幾十萬字的長篇小說，只用幾天的課餘時間就可讀完。周日更是雷打不動的讀書時間，一天下來，常常是讀的頭暈眼花，天昏地暗，沉浸在書中，半天也不能回到現實。我的各門功課成績都在上游，有時上數學課感到內容簡單，就開始走神，被課間讀的小說情節所吸引，就悄悄地拿出小說，放在抽屜裏偷偷地讀。因為實在太投入，就連老師走到跟前了也沒發覺，當然，小說被沒收了。整個初中期間，我到處借書，先後讀了《青春之歌》、《紅樓夢》、《創業史》、《播火記》等數十部長篇小說，還偷偷地讀了當時被稱作黃色小說的《苦菜花》，那是一個左的令人哭笑不得的年代，連蘇聯歌曲《莫斯科郊外的晚上》也被稱作黃色歌曲，但同學們都悄悄地學會了，經常聚在一起合唱。後來，學校破天荒地購進了一批圖書，成立了一個小小的圖書室，對我來說真是如魚得水，再不用四處求人借書了。

初中只有兩個班，兩位班主任爭強好勝，暗自較勁，同學們也受影響，每次考試都比一番，如果我們一班勝過二班，全班振奮。如果成績低於二班，都感到臉上無光。為了鼓勵學習，老師出招，每次考試獎勵第一名一個練習本，我得到的本子最多。班主任是語文教師，一次，他說，下周的語文考試，誰考一百分，就獎勵一個黃書包。當時，同學們大都是用的黑布書包，擁有黃書包就像現在開上了寶馬車一樣讓人羨慕。於是，大家都拼命地復習，星期天我也沒有讀小說，一心一意地要把黃書包拿到手，結果考試成績出來，我和幾位同學都得了九十九分，全班沒有一個一百分。直到多年之後，才明白過來，當時的黃書包只是一個誘餌，在語文試卷上減掉一分實在是太容易了。

初中生活即將結束時，同學們進入了緊張的復習階段，參加中考對每位同學都非常重要，學校抓得緊，同學們也都十分自覺，天不亮，就自動去學校復習。一次，天濛濛亮，已經在教室裏學習半天的同學們走出教室休息，準備新一天的課程，剛走出教室，就見一位同學屁股上搭著一樣東西，一走一扇呼。有同學上前一把給扯了下來，原來是他把內褲掛在了腰帶上了，惹得同學們哈哈大笑。

初中時寫作文，喜歡用「光陰似箭，日月如梭」這些辭彙，現在才真正體會到這些辭彙的含義。轉眼間，三十年過去了，同學們各奔東西，老師們也得進入了耄耋之年。很少有機會聚在一起。每當與老同學和老師見面，聊起初中生活，恍惚間又重新回到了美好、充滿歡樂的少年時代，整個身心都感到年輕了。

二〇〇八年十二月四日夜於秋緣齋

【原載二〇〇九年六月第十八期《初中生》（湖南）】

又到煙花漫天時

人到中年，時間過得特別快，一年的時間不知不覺中就消失的無影無蹤了。轉眼間，又要過年了。春節似乎是為孩子們準備的，對大人來說，過年不僅沒有喜悅之情，更多的是一種負擔，無休止的走訪、迎來送往，讓人不勝其煩。看著樓下公園裏興高采烈的孩子們，不由得想起少年時代過年的情景。

小時候，天天盼著過年，因為過年時可以盡情地玩耍，不會受到責備，而且還會兩樣最希望得到的東西，一是新衣服，再就是鞭炮了。放鞭炮並不是成掛地放，而是一個個拆下來，寶貝似的放在抽屜裏，平時捨不得放，要留到過年時再放。每天都拿出來查一查，就像守財奴數自己的金幣一樣興奮，小夥伴們都是這樣。過年時，每次出去只帶幾枚，和小夥伴們聚在一起放鞭炮。因為年齡小，不敢把鞭炮點燃後扔到空中炸響，便把鞭炮放在一石臺上，用香點燃後，趕緊跑到遠處。小夥伴們輪番放鞭炮，相互比較誰的鞭炮最響。但都捨不得把兜裏的鞭炮一次放完，半天才放一個，於是，都大喊：「今天不放，明天不響。」玩一會兒，便去四處尋找別人沒有放響的啞炮。扒開鞭炮上部，露出火藥，放在地上點燃，當鞭炮竄出火花後，抬腳用力一跺，鞭炮就響了。用啞炮還可以做一種貓逮老鼠的遊戲，把啞炮攔腰掰斷，把斷頭處擠出一點火藥，相距十公分，對放在地上，點燃其中的一半，竄出的火花會引燃另一半，力量大的一半，會把另一半推的滿地亂竄。

我還會自製一種叫「轉轉連」的玩物，把導火索剪成三公分長，在中間割一小口，然後，口朝外對折，用細線捆綁中間後，留一長線用手提著，點燃一頭，它便在旋轉中噴出火花，形成一個火圓。一頭燃燒完畢，噴出的火花會引燃另一頭，它再逆向反轉，著實有趣。

當時，市面上見不到煙花，只有一種叫「竄天猴」的鞭炮，鞭炮粘在一個細細的竹簽上，點燃後像火箭一樣竄上天空，在空中爆炸。每次過年，爸爸便給我們自製土煙花，供我們取樂。先把一塊青磚鑽上直徑兩公分左右的洞，快鑽透磚頭時，再打上一個細眼。然後把一鞭炮引信從細眼中穿過，再把火藥摻上木炭粉、鐵屑等，存入磚洞，用粘土封住，一個土煙花就做成了。到了晚上，把土煙花拿到大街上，約來小夥伴們觀看。點燃引信後，就見煙花噴射出來，鐵屑和木炭粉增添了絢麗的色彩。小夥伴們興奮的大喊：「再來一個！再來一個！」於是，再次存入火藥，一晚上燃放數次，小夥伴們還不肯離開……

現在的煙花已是應有盡有，一個單位半小時就會燃放幾十萬元的煙花。煙花漫天，絢麗多彩，但從中卻無法找到兒時燃放煙花的快樂了。

二〇〇八年十二月十八日夜於秋緣齋

【原載二〇一〇年一月北方婦女兒童出版社出版《2009年最適合中學生閱讀的美文年選》】

家，在漂泊

人類的進程是在不停地漂泊中完成的。

亞當和夏娃偷吃了智慧之果被趕出伊甸園後，他們的子孫越來越多。人們無休止地打鬥，互相殘殺，人間充滿了暴力和罪惡。耶和華後悔造了人，他決定將人和一切動物毀滅，重新建立一個幸福的世界。天下起大雨，一切生靈都淹死了，只有挪亞在上帝的授意下造了一隻大船，載著他的家人活了下來。他的子孫們在底里斯河和幼發拉底河之間發現了一塊肥沃的盆地，定居下來，建了巴比倫城，並決定建一座高塔作為所有部落集會之所。可耶和華不想讓他們永遠住在一個地方，於是，耶和華就使天下人語言發生混亂，使他們語言不通。這樣一來，人們很快分散各處。

在華夏，女媧的子孫們也在不斷地遷徙著。我查閱了大量的族譜，大都記載著其祖先是明初從山西洪洞遷出的，因此不少人都自稱是「山西老鴰窩人氏」。明朝初期，由於連年戰亂和瘟疫，冀、豫、魯等地人煙稀少，有些地方已變成無人區。而山西土地肥沃，人煙稠密，明朝統治者便決定從山西大移民，把移民集中到洪洞縣的一棵大槐樹下辦理移民手續。人們不願離開故土，統治者便採取強制措施，同時也為了防止遷徙途中有人逃走，便把人們用繩索穿為一串，押解遷移，於是有了大小便稱「解手」一說。人們兩步一駐足，三步一回首，走得遠了，只看到那棵大槐樹上的老鴰窩，便教導子孫不要忘了自己是「山西老鴰窩人氏」。

解放後，也有兩次較大規模的移民，解放初期，一些駐紮在邊疆省份的部隊改編為建設兵團，就地安家落戶。據新疆《奎屯市地名圖志》記載，該市是新疆唯一一個不轄鄉村的縣級市，轄區只有五個街道辦事處，全市總人口六萬八千人，而駐紮該市的新疆生產建設兵團農業建設第七師的職工就有八萬多，這些職工雖屬兵團建制而實際上成了新移民。

建設三峽工程，又有一批三峽移民遷徙各地，接收移民的地方政府為移民蓋好房子，備好傢俱、農具、糧食、種子，並為移民經商做生意提供了各種優惠政策。人們對待三峽移民就像對待遠道而來的朋友一樣彬彬有禮，使移民很快適應當地的環境，安心居住下來，融入當地社會。

集體遷徙和個人搬家一樣，都有兩種心情。一種是興奮的，像升職去外地赴任，迎來的，送往的，慶賀的，絡繹不絕。蓋了新房，喬遷新居，溫居的持續月餘，雖然勞累，但心裏總是美滋滋的；另一種搬家者是被迫的、無奈的。像遭貶、流放，老牛破車拉著幾個破行李捲兒，身單影隻地悄然離去，那種「淒淒慘慘淒淒」的心境是可以想像的。一九五八年，作家蕭乾被化為右派，妻子文潔若也被列入第一批下放幹部的名單。文潔若知道，歷次運動，受處分的往往要搬家，下放名單公佈後，她馬上找到了作協書記說，「如果認為我們一家不適宜繼續住在本院，要是遲早得搬家，能否趁我離京前就搬了？孩子小，沒有幫手，我怕蕭乾一個人照顧不過來。」結果不出一周，他們就接到搬家的通知。

搬家是非常繁瑣的也是非常辛苦的事。一九九一年，我第一次搬家時，只拉了兩汽車就把所有家當搬進了單位分的五十多平方的房子裏，當時除了有些書外，基本沒什麼傢俱，搬家相對容易些，但搬家前安裝暖氣，粉刷牆壁，整理小院，也著實忙活了一段時間。

孩子上高中後，為了孩子上學方便，我在學校附近的一幢居民樓裏租了一套房子，和房東說好，最少住三年，等孩子上大學後再搬走，並簽訂了租房合同。聽說我要搬家，朋友們蜂擁而至，說著笑著，喊著號子，不知不覺地就把家搬了過來。專門辟了一室做書房，藏書整理了一周才全部上架，並將書房命名曰：「秋緣齋」。書房大了淘書的力度也大了，節假日便驅車到濟南舊書市場淘書，藏書在不斷蠶食著有限的空間，從書房延伸到客廳。一年後，淘汰了大大小小像雜牌軍的書架，換上了及至房頂的新書架。剛把書全部倒上新書架，房東卻來攆人了，他一會兒說房子要賣，一會又說房子要用。雖然合同不到期，可以據理力爭，但這同樣是件麻煩的事，只好忍氣吞生地搬到了同一幢樓的另一單元，數千冊圖書又讓我忙活了一陣。

與新房東又簽了兩年合同，繼續樂此不疲地淘書，書的領地不斷擴張，後來書房裏的書只好堆在那兒了，想找本書比到市場去淘還難。租期未到，房東因欠賬把房子賣給了我的對門鄰居，對門女人長得有些像魯迅筆下的「豆腐西施」。她的丈夫是從山區搬來的暴發戶，我曾給他幫過一些忙，平時相處不錯，一見面「哥」叫得很甜。一旦成了房主，兩口子馬上變了個人似的，儼然以房東自居。這正應了那句老話：與其不堪爭而爭不如早一些拔蠟熄燈。強鄰簷下，我還是決定要走的了。

最頭疼的還是書。原來幾次搬家都是把書裝在編織袋搬運，裝不實容易傷書。弟弟送來了好多裝蔬菜的紙箱，大哥大嫂幫忙裝了一天，總算裝完了。書在架上看著不多，裝在箱裏卻垛了一屋。一箱書有七八十斤重，搬家那天，把前來幫忙的幾個朋友累得滿頭大汗，衣服都貼在了身上。書箱裝了整整一車，鄰居一定會認為新搬來了一個菜販子。

書生搬家和別人不同，傢俱寒酸，但藏書卻讓人側目。書愛家龔明德說：「搬家時，那些書啊，真是害苦了我。」他原來住的是三樓，他樓上的住戶，每天晚上不是拉桌子就是弄板凳，吵得他不得安生，而且樓上大小便的聲音總是那麼清晰地傳到他的耳膜。因此在單位分房時，他毫不猶豫地要了頂層六樓，他說：「從此再也沒有人在我的頭頂上拉屎撒尿了！」他的工資除了生活都花在了買書上，搬家時，他算計著雇人的錢可以買不少的書，於是他借來一輛三輪車，自己一趟趟地從城北蹬到城南，苦幹了一個多月，總算把幾百捆藏書運到了新居。

與龔明德先生的書相比，作家伍立楊的書要幸運得多。立楊兄在《人民日報》社工作時，與別人合住一套房子，進出極為不便。一九九九年調到海南工作後，有了大房子，他的八千冊藏書也全部空運到了海南。這是當年蘇東坡流放海南時所無法想像的。

過去的一個歷史時期，有好多的沿海地區居民因各種理由流落到海外，勤勞樸實的中國人適應能力極強，在世界各地都留下了他們的足跡，有些華人很快融入當地的上流社會。「樹挪死，人挪活。」人的一生隨著事業的發展，生活的變遷，而在不斷地變換住處。但搬家無論遠近，人們都有一種故鄉情節，即使到了天涯海角，兒時的家也會不斷出現在夢境之中。海外的華人也不斷回國續譜，認祖歸宗，韓國前總統盧泰愚也曾到山東長清縣尋根。

現在不斷出現名人故鄉之爭，如舜之爭，禹之爭，徐福之爭等，這些人都是聖君鄉賢，是中華優秀傳統的典型人物，深受人們的愛戴。正因如此，人們在敬仰之餘，總拉他們做鄉黨。在全國有記載舜耕過的曆山就有二十餘座，河北涿鹿、浙江上虞、山西永濟、山東濟南……僅山東省就有濟南、菏澤、蒙陰、沂水、費縣五處，人人都稱自己家鄉之山是真正的舜耕歷山，而且都有記載、有遺跡、有廟宇。這種名人之爭的官司很難打得清楚，只好互不干涉，各自供奉而已。先賢們肯定遊歷過不少地方，而且都留下了遺跡，也就成了後人套近乎的證據。李白是四川人，因常期寓居山東，才使杜甫有了「吾與山東李白好」之語。因此，人的籍貫登記也應做些改革了。現在的人流動性大，很難說清真正的籍貫，總不能追溯到山西洪洞老鴰窩吧，出生地作為籍貫最為合理。

人走到哪兒都要建一個家，不管臨時的，還是長久的。我見過大款富麗堂皇的豪宅，進過山區尚未脫貧農民窗戶上沒有玻璃的茅草屋，也住過京漂一族用磚頭墊幾塊木板當床的極小的出租屋。不論條件如何，也只是棲身而已。有位暴發戶建了一座樓房，整天坐在門口，只要認識的人，就讓進家裏，然後，不厭其煩地陪著從一樓看到四樓，在參觀者的唏噓聲中，他那窮人乍富的虛榮心就會得到極大的滿足。

李清照、趙明誠夫妻客居青州時，節衣縮食，搜求金石古籍。青州古城是齊國腹地，是古老的文物之邦，豐碑巨碣，所在多有，三代古器，時有出土，他夫妻二人在當地收集到《東魏張烈碑》、《北齊臨淮王像碑》、唐李邕撰書《大雲寺禪院碑》等一大批石刻資料。益都出土的有銘古戟，昌樂丹水岸出土的古觚、古爵，陸續成為他們的寶藏。宋欽宗靖康二年（一一二七年，）金人大舉南侵。李清照遴選書籍器物等藏品十五車南下，在家剩餘書冊全部被焚。在顛沛流離中，文物散失大半，紹興元年（一一三一年）到達杭州時，圖書文物散失殆盡。丈夫在途中染病身亡，一生所藏文物也化為烏有，李清照悲痛欲絕。家毀了，丈夫沒了，藏品散失了，但她的詞作成就卻蜚聲詞苑，享譽寰宇。現在濟南、章丘、青州等地都建有李清照紀念館，李清照的家遍佈各地。

伍立楊把自己的書齋命名為「浮漚堂」，他說：「是日已過，命亦隨減，斯有何樂？是曰浮漚而已。」伍立楊勤奮著述，有二十餘部著作問世。立楊兄把家建在了作品之中。

人，在漂泊；家，亦在漂泊。

真正的家在哪裡？一位詩人說，家在自己的心上。

二〇〇六年六月二十七日於銀河社區秋緣齋

【原載二〇〇八年第三期《聊齋園》（山東）】

無巧不成書

大自然中有許多未解之謎使得一些科學家和探險者窮其一生去研究探索，而不得其果，其實人們的現實生活中也經常發生一些奇怪的百思不得其解的事情。

致遠是我的小兄弟，愛聚書、勤筆耕、熱瓷器、喜字畫，屬氣味相投之友，時常來秋緣齋品茗聊書。戊子年末，致遠來電話說，他收到了一條陌生人的資訊，從內容看像是發給我的，遂轉發過來，查了一下手機號碼，是安徽建工學院圖書館李文蕾兄發來的資訊。發錯資訊很常見，但是致遠與李文蕾又不認識，況且我的號碼以一三五開頭，致遠的號碼以一三九開頭，兩個號碼相差甚遠，怎麼會發到他的手機上了呢？即使發錯了，又錯得這麼巧，恰恰是發給了我的朋友，而且是相當瞭解相當熟悉的朋友，因為資訊中沒有我的名字，對我不是特別熟悉的朋友只從資訊內容上是看不出是發給我的。這難道僅僅是巧合嗎？即使是巧合，巧合還會有第二次嗎？

己丑年初，我策劃編一本書，邀請各地作家、學者寫稿，編書少不了要向這方面的專家請教，南京大學徐雁教授不斷發來資訊、郵件出謀劃策，有徐雁兄的鼎力支持，編書工作進展順利。這時，收到致遠資訊，對編書提了些很好的建議，我納悶了，這段時間由於我們兩人都忙，很長時間沒有見面聊天了，他怎麼知道我策劃編書一事呢？我打電話詢問，他說資訊不是他發的，是一個陌生的號碼發到他手機上，看內容知道是發給我的，就轉發過來了。又是怪事一樁！我讓他把手機號碼發過來，是徐雁兄的號碼。這又是怎麼回事呢？徐雁與致遠也不認識，怎麼又出現了這種情況？在不同的時間兩個人給我發資訊都發錯了，而且都錯發到同一個人的手機，兩次巧合就不是巧合了，似乎是冥冥之中有一種神奇的力量，把錯發的資訊都傳遞給我的朋友。得知發資訊的是當今讀書界領軍人物徐雁教授，致遠很高興，回資訊表達仰慕之情，徐雁兄亦打油回復曰：「泰山有知己，天涯若比鄰，偶有落地虎，平陽不欺人。」並表示以書相贈，無意中又結一書緣。致遠興奮之餘撰寫博文《錯短信，巧書緣》，余轉帖至秋緣齋博客，眾友閱後皆咄咄稱奇。

無獨有偶，多年前，我還曾遇到一些怪事，至今想來猶覺怪異。一九九三年，老家的一位嫂子進城找我辦事，她不知道我的單位，不知道我的住址，也不知道我的電話。她下車後，攔住一人，就問我在哪裡？巧的是，這人是我的朋友，便領她找到了我。我說：「嫂子，你真行呀。這城雖小，也有幾十萬人，認識我的才有幾位？你在家不問清楚了我的位址和電話就過來了，要不是遇到我的朋友，你到哪兒找我呀。」嫂子憨厚地一笑：「嘿嘿！這不是找著了嘛。」

如果是在電視劇中看到此類情節，一定認為是編劇為了劇情需要杜撰的，而現實生活中的怪事還不止這一樁，二〇〇七年夏天，我下班回家，車到宿舍樓下，司機的電話響了，我下車剛要上樓，司機說：「郭總，你老家一個嫂子來了。」我有些迷惑：「什麼嫂子？怎麼打你電話？」司機說電話是他妻子的二姑打來的，他這一說，我更糊塗了。解釋了半天我才明白，還是上次來的那位老家嫂子進城找我，正巧問到他妻子的二姑，他二姑不知道我的電話，就打給他了。我問，你二姑怎麼知道我的？司機說，可能是他妻子與二姑聊天時說起過我。

讓司機把嫂子接了過來。我說：「嫂子，你真了不起。十幾年前你打聽到我的一個朋友，這次還是這麼幸運，竟然問到了我司機的親戚。你真是奇人！」嫂子又是嘿嘿一笑：「這就叫無巧不成書。」

二〇〇九年三月四日於秋緣齋

【原載二〇一〇年一月北方婦女兒童出版社出版《名家散文欣賞》】

筆端風雲

中獎

剛到編輯部坐下，就接到一個電話：「我的發票中獎了，稅務局不給兌獎，這事你們報社管不管？」

我說：「你不要著急，慢慢說。」他說，到一家飯店吃飯，收到發票後，發現中了一等獎，當他興沖沖地到地稅分局兌獎時，工作人員說發票已經過期，不予兌獎。他說這輩子第一次中獎，卻無法兌現。那人是個急性子，說話就像連珠炮。既獲獎後的興奮，也有無法兌獎的失望和憤怒。他說：「發票是稅務局發下去的，過期不收回是他們的責任，如果你們管不了，我到法院告他們去。」

我說：「這樣吧，你寫封讀者來信，把事情的經過寫清楚，我們幫你問一下，應該如何處理。」

大約過了一個小時，一位五十歲左右的漢子滿頭大汗地來到了編輯部，把信交給了我。我說：「你留下你的聯繫電話，就回去吧。等有了消息，再通知你。」

他邊走邊說：「這事就靠你了，這事就靠你了。」

那人走後，我給地稅局打電話，把情況介紹了一下。電話那頭態度生硬，他說：「這事我知道，剛才下面地稅分局已經來電話反映這個情況，我們有規定過期發票，不能兌獎。」我告訴他們，飯店使用過期發票也是他們的責任，如果讀者來信在報紙上刊登出來會影響地稅局的形象，也對正在進行的行評產出負面影響。

「不能刊登，一定不能刊登，我馬上過去。」電話那頭突然緊張起來。

一會兒，地稅局辦公室主任來了。我把讀者來信的複印件交給他，他說回去向領導反映，一定妥善處理這件事，並要求千萬不要刊登，以免影響正在進行的行評。

第二天，地稅局來電話說，經過領導研究特批，並已通知地稅分局給那位消費者兌獎四百元。

過了不久，那中獎者又是一頭大汗地來到編輯部，高興地說：「我剛從地稅局來，他們給我兌獎了，要不是你幫忙，也要不來獎金，今天中午，我請你吃飯。」

我說：「吃飯就不用了，等你以後中了大獎後再說吧。」
「好，到時候，我請你。」那人憨憨地笑了笑，走了。

二○○八年九月十二日於秋緣齋

做筆錄

正在一家企業採訪，辦公室小王打來電話，說工商局來人，讓我下午兩點半到工商分局去一趟。我問，什麼事？小王說，他們沒說。

自從報紙創辦後，就有人心裏不平衡，常在暗中使絆子，不斷製造麻煩，不知道這次又出什麼么蛾子。

下午兩點半，我準時來到工商分局，被帶到了一間辦公室，有兩位工作人員坐在我的對面，還有一位在一側記錄，那兩人像法官一樣嚴肅地坐在上面，我則被安排在對面的椅子上，開始了類似審訊的查問。

姓名、年齡、職業……

如果不是在工商局，我還真以為我犯了什麼罪。

我被搞得莫名其妙，只好按照他們的訊問一一作答。訊問結束後，又在筆錄上一一按上手印。

他們說：「好了，就這樣吧，以後有什麼事，我們再找你。」

剛走出「審訊室」，在走廊上遇到了局長老張，就隨他進了他的辦公室。進門就問：「張局，你們什麼意思？搞得像審犯人似的。」

老張不慌不忙地給我泡上一杯茶，端到我面前的茶几上，說：「我們接到舉報，說你們報社沒有廣告許可證手續。本來我們也沒打算理睬，可是他們一天一個電話催問，並說如果我們不處理，就告到上級工商機關。」

我說：「我們手續齊備呀，怎麼說沒有手續呢？」

「我知道你們有手續。所以說才把你請到這裏做個筆錄，這樣我們就好說了。」老張笑著說。

我埋怨說：「那你也該打個招呼？」

「打了招呼，你跑了怎麼辦？」老張哈哈大笑起來。

做完這次筆錄，沒有人再搗亂了，我知道這平靜只是暫時的，也許那些亞健康人群正在想什麼高招，製造新的麻煩呢。

只要想認真踏實地做點事，就會有人拆臺，這些拆臺的人並不一定都是你的敵人，你不一定故意去得罪人，因為你做事的同時就已經得罪了人。因此，即使睡覺也有睜著一隻眼，等著接招呢。

二〇〇八年九月十四日中秋節於秋緣齋

部落格，個性私家花園

幾年前，當朋友告知在網上開了部落格時，我竟不知部落格為何物，雖然上網多年，但除了收發電子郵件，流覽新聞，對電腦的其他功能一無所知。到網上搜索，才知道部落格是一種網路日誌。二〇〇〇年部落格開始進入中國，直到二〇〇四年木子美事件，中國民眾才真正瞭解到了部落格，並開始運用部落格。二〇〇五年，國內各門戶網站開始加入部落格陣營，並迅速擴張，一時間部落格風靡全國。

二〇〇五年七月，在朋友指點下，我到「敏思部落格」社區，剛剛註冊完畢，就收到了敏思部落格的來信：「歡迎你加入『敏思部落格』大家庭，你的到來讓我們感到欣喜。每一個不同的你，讓敏思社區不一樣起來。這些日子，沒有見到你回家，甚為想念。我們知道你忙，生活在這個時代本來就不容易。如果你覺得累了，就稍微休息一下。回到『敏思』來，看看你剛剛建立的那個小家，還有那些可親可愛的鄰居們。在這裏，你或許會得到一些特別的經歷，這種經歷是這樣的令人難忘，就像漫步在雨後的樹林，空氣清新，花開鳥鳴。我們熱切地期待你的到來。」看了來信，感到這家網站人情味很濃，真有一種家的感覺。

選擇在「敏思」安家還有一個原因，我流覽了好多網站的部落格，都是日誌型頁面，比較適合寫日記用。每天都要上傳日記或作品，這是我所做不到的，當時，每天忙於編務，有時好幾天都無法上網。而敏思部落格的頁面就像一本雜誌，有欄目，有題目，只要點一下題目，就可以打開文章進行閱讀。我把自己的新家取名為「書林漫步」，分別開設了人生履痕、秋聲夜話、書林漫步、書人書事、弁言跋語、書香人生、秋緣齋書事、秋緣齋筆記、理性的折光等欄目。有暇時便把文章分門別類地傳到部落格，後來又學會了上傳圖片，又陸續地把相關圖片發到了部落格。

可惜好景不長，當我開博一年時，敏思部落格社區發出了因財政上遇到無法克服的困難，而準備停止系統運行的公告。一年的時間，對於這家網站有了感情，每天上網總是先打開部落格，然後再從鏈結裏再上其他網站。敏思部落格社區無償地為大家提供了一個展示自己的平臺，每次寫了文章都發到部落格，即使電腦染上病毒，也不怕文稿丟失。「敏思」一停，儘管戀戀不捨，但必須換個地方了。好多朋友選擇在新浪安家，但我不喜歡新浪，因為在新浪部落格裏留下其他網站的網址或信箱，就會馬上被刪掉，一家有名的大網站這點氣量都沒有，實在太小家子氣。最後，選定了天涯社區。因為早在一年前，我就在天涯社區的「閒閒書話」版連載我的《秋緣齋書事》，點擊量很大，連載了兩年，分別結集為《秋緣齋書事》和《秋緣齋書事續編》刊行。

在天涯開設部落格後，更名為「秋緣齋」，慢慢地也適應了天涯的模式，不再只發文章，動態型的文字不斷充實其間，提高了部落格的更新頻率。天涯社區人氣旺，每天都有大批的訪客，因此結交了不少文朋師友。其實，部落格就是自己的花園，只要勤於耕作，細心呵護，精心管理，就會春色滿園，疏於管理，時間久了就會荒蕪。

因了師友們的厚愛，兩年多的時間，部落格流量已達八十餘萬。秋緣齋裏高朋滿座，品茗賞書，無所不談，其樂融融。不時有報刊編輯光臨選稿。間或有人悄悄地把廣告貼在秋緣齋，發現之後及時清除，以保持部落格的潔淨。偶有野犬經過，撩起後腿，留下個記號後匆匆遁去，也無傷大雅，只為秋緣齋的客人們提供一點茶餘笑資而已。

秋緣齋裏除了自己所寫的一些短文外，多為與各地師友交流的動態型文字，秋緣齋不斷收到各地師友寄贈的書刊，每天及時地把受贈圖書或雜誌書影及解說文字上傳到部落格，以便告知寄贈書刊的師友書已妥收，同時讓書友們分享我的快樂，還可以為贈書的師友做一下宣傳。或許有人認為這樣過於張揚，有炫耀、賣弄之嫌。其實，把師友的贈書書影傳到部落格，與把朋友的字畫掛到自己的客廳一樣，是對贈書師友的尊重。

人的興趣愛好不同，部落格內容也不盡相同，有些部落格全是時評文字；有的部落格連載自己的長篇小說；有些是詩歌專題；亦有人喜歡在部落格自揭家醜。部落格是私人天地，想怎麼寫就怎麼寫，只要沒有淫穢或顛覆政府的言行，誰也無法干涉。西晉劉伶嗜酒，很少有不醉之日。一次，酒後脫掉衣服，裸身在家，碰巧有人來訪，就譏笑劉伶。劉伶反譏道：「我劉伶以天地為棟宇，屋室為衣褲，你為何鑽入我的褲中來了？」部落格是私家花園，偶爾在部落格中撒點野，放鬆一下身心也未嘗不可。

二〇〇九年四月二十二日於秋緣齋

【原載二〇〇九年七月十一日《汕頭日報》（廣東）】

書裏春秋

與書的緣分是與生俱來的。一九六四年秋，伴隨著朗朗的讀書聲，我出生在一所學校裏。從小接觸最多的是書，因而與書結下了不解之緣。

在讀小學三年級的時候，爸爸給我了一本書——《戰地紅纓》，當時，我不知道這是小說，儘管書裏的文字認不全，但讀完第一章，就被書裏的故事牢牢地吸引了，我發現了除電影和小畫書之外還有另一個神奇的世界，或許我的讀書興趣就是讀了這本《戰地紅纓》培養起來的。上中學後，每到星期天，抓緊做完作業，找來《漁島怒潮》、《煤城怒火》、《大刀記》、《西沙兒女》、《沸騰的群山》、《烈火金剛》等小說，一讀就是一天，直讀得頭暈眼花，仍不肯把書放下。《青春之歌》、《野火春風鬥古城》給我的感觸最深，把我帶入了另一個天地。後來，我還偷偷地讀了當時稱為黃色小說的《苦菜花》。再後來，閱讀面越來越廣，對書的渴求越來越大，而書又少的可憐，所以讀書沒有選擇，見到什麼讀什麼。只要借到書，就廢寢忘食，直讀得如醉如癡，每每被書中的故事所感動，或興高采烈，或悲痛欲絕。一次，我在課間看小說，讀到精彩之處，上課鈴響了，還掛念著小說中的人物命運，又悄悄拿出小說放在課本下面全神貫注地讀，根本沒有察覺到老師已經站在了身邊，其結果就可想而知了……後來，學校破天荒地購進了一批圖書，成立了一個小小的圖書室，我更是如魚得水，再不用四處求人借書了。

參加工作後，有了收入，買的書也多了。出差時，每到一地，必先逛書店和街頭書攤。為了買一套《三言二拍》，用了幾年時間才湊齊。我先請朋友幫忙做了一個書架，後來又添了幾個書櫥，藏書逐漸豐富。魯迅、巴金、老舍、朱自清、郭沫若陸續走入我的生活，奧斯特洛夫斯基、莎士比亞、羅曼・羅蘭、雨果、大仲馬、托爾斯泰、盧梭、海明威也逐步進入我的視野。

袁枚說，書非借不能讀也。但愛書人對書大都有一種佔有慾，千方百計把心儀之書買到手，才能讀的踏實。於是便奔波於北京潘家園、報國寺，濟南中山公園，天津、海口、揚州、連雲港等地舊書店，去把散落於各地的大師之作請回家。隨著這種欲望的增長，我的書架乃至書房也在不斷擴展，為了藏書先後搬了幾次家，直至房間裏矗立了十二個兩米四高的書架。即便書架多了，但仍有些書仍然沒有得到妥善的安置，像冷宮裏的妃子委屈於牆角、陽臺，儘管偶有冷落，但並不會失寵，說不定那一夜，它又會回到我枕邊侍寢。幸而有家人的支持，而不至於因藏書逐步蠶食室內有限的空間受到責備。對這些書我也充滿了感激。是她們伴我度過了最艱難的時光，使我逐步成熟起來。

藏書逐漸增多，也附庸風雅地取了室名「秋緣齋」，並請豐一吟先生題寫了齋名。秋緣齋裏時常高朋滿座，其中不乏操著各種口音來自天南海北的書友。各地師友出了新著也不忘寄我一部，因而秋緣齋書香不斷，久而久之，秋緣齋庋藏作者簽名題跋本便有千餘部。有一年，意外地被省文化廳、省新聞出版局等部門評選為山東省「十大青年藏書家」，對於這種評比實在沒太在意，因為藏書家大有人在，但卻很在意因此而得到的獎品——上下兩巨冊重達十幾斤的《中國古代名物大典》。

藏書而不知讀，猶弗藏也。每次淘書歸來，必先擦拭書上的灰塵，撫平內文的皺褶，大體翻閱後分類放置，有些書作為資料備查，有些書就會連夜通讀。葉靈鳳說：「藏書家不難得，難得的是藏而能讀。藏書而又能讀書，則自然將心愛的書當做自己的性命，甚至重視得超過自己的性命。」藏書名家黃裳、姜德明、龔明德、陳子善、徐雁等，既是藏書家，又是作家、學者。淘書、藏書、讀書、編書、寫書構成了他們完美的人生。他們既是我的精神導師，也是我生活中的朋友，他們嚴謹的治學精神時時鼓勵著我，使我不敢懈怠，幾十年來，一直讀寫不輟。

買而藏，藏而讀，讀而寫，順理成章的融入我的生活。我先後出版了散文隨筆集《書緣》、《尋找精神家園》，二〇〇五年起，我又以日記形式記錄淘書、讀書以及與各地師友交流事宜，分別出版了《秋緣齋書事》和《秋緣齋書事續編》，三編、四編也在整理中，專門記述書界人物的《紙魚噬書》一書正在出版中。並且在《深圳晚報》推出了我的「書林漫筆」專欄，天津《城市快報》開辦了我的「秋聲夜話」專欄。

當今社會，生活節奏快，壓力大，心浮躁，加上電視、電腦的衝擊，能潛心讀書的人越來越少了，有人提議設立「全國讀書節」，溫家寶總理也表示贊成。他說：「我非常希望提倡全民讀書。我願意看到人們在坐地鐵的時候能夠手裏拿上一本書，因為我一直認為，知識不僅給人力量，還給人安全，給人幸福。多讀書吧，這就是我的希望。」我在當地的政協會議上的提案也是發動全民閱讀活動。在讀寫之餘，我還主編了一份民間讀書雜誌《泰山書院》，意在為構築書香社會盡一份綿薄之力。儘管使閱讀重新成為一種時尚是一種美麗的幻想，但我願為實現這樣願望而不懈地努力著。

二〇〇九年三月十七日於秋緣齋

【原載二〇〇九年第四期《山東畫報》（山東）】

我的書房

我參加工作後開始聚書，那時新華書店是買書的唯一渠道，而且不會打折，書少沒有挑選的餘地。一套馮夢龍的「三言兩拍」費了幾年功夫才湊齊。和父母一起生活，沒有多餘的空間做書房，在自己的小臥室裏做了個簡易的書架，後來隨著書的增多又做了書櫥和一個書架，本來擁擠的空間更加窘迫。

一九九〇年新單位分給我一套平房，有前後兩個小院，房子不大卻很方便。搬家時，沒有多少傢俱，到是那些一捆捆的書惹得鄰居們側目。房子被切割成五個小房間。兩間臥室，一間客廳，一間廚房，靠後院的那間當做了書房，房間只有五六平方米，好在當時的書不是很多，只放了一個書櫥和兩個小書架，在臨窗的地方安放了一張寫字臺，鄭板橋所書的「小書齋」拓片壓在寫字臺的玻璃板下。

那是我平生第一次擁有書房，關上房門就可以天下成一統了，讀寫也不會受到家人的干擾。當初擁有書房的那幾年是我人生道路最艱難的日子，當時，不顧家人的勸阻，從事業單位調到了一家企業，本來雄心勃勃地想幹一番事業，沒想到卻是上了賊船。幸虧有書相伴，使我不致消沉。關上房門寫出了我的第一本書，當時不懂出版，一下子印了八千冊，後來靠各地書商幫忙，總算全部按成本價銷了出去。

我也得益於那些日子，使我讀了不少書。沉寂了兩年之後，我走出了書房，賭氣般下海做起了圖書生意，骨子裏愛書的人，做圖書生意更是如魚得水，很快適應了市場，在各地建立了銷售網路。當圖書市場進入低迷時期，我及時撤出，又回到了書房。

濟南中山公園成立舊書市場後，每週六、周日有上百個書店和書攤經營舊書，而且價格出奇的便宜，隔三岔五我就帶車去濟南淘書，每次都能購買千元左右的書，那時千元的概念是可以買到五百多本書。被朋友稱為瘋狂購書。雖叫舊書，書的品相大都很好。一套全新的《蘇東坡全集》，精裝六本，只花了二十五元，與白撿無異。

書越來越多，書房裏放不下，客廳裏、臥室裏、儲藏室堆的到處都是，有時候需要查找資料，明明知道自己有那本書，可怎麼也找不到。幾經碾轉，把家搬到了一個環境好、帶公園的小區，搬家時，那些書就裝了幾車，把前來幫忙的朋友累得滿頭大汗。房子其中的一室與客廳並沒有隔開，正合我意，做了書房。

原來的書櫥、書架全部淘汰，自己設計、從木器廠訂做了新書架，後來去伍立楊兄的浮漚堂拜訪，發現與他的書架基本一樣。我不喜歡用書櫥，書櫥放書少不實用，只是擺放在官員或爆發戶的豪華辦公桌後面做樣子裝飾用的，還是書架放書實惠。房間裏放了十二個兩米四高的大書架。豐一吟先生題寫的「秋緣齋」的匾額也終於有地方懸掛了。

隨著書價瘋漲，在舊書市場愈來愈難淘到心儀之書，買書逐漸減少，但各地師友慷慨贈書不時地充實著我的書房。其中有一個半書架是簽名本，這些書的作者有谷林、黃裳、文潔若、袁鷹、姜德明、豐一吟、流沙河、陳夢熊等文化耆宿；有張煒、張海迪、彭國梁、王稼句、胡洪俠、伍立楊、徐魯、羅文華等著名作家；有陳子善、龔明德、徐雁、馬曠源等知名學者；有王國華、柳已青、眉睫等青年才俊……近千冊簽名本形成一道風景，其中不乏毛邊書，不僅是友誼的象徵，更是取之不竭的精神財富。

因了書的侵佔，會客空間顯得逼仄，陳設簡單，書架前置放一組沙發，一對圈椅，還有一對祖傳的太師椅。秋緣齋常備明前龍井，時有三五好友品茗聊書，聊得興起，從書架隨手抽出，翻閱印證，不亦樂乎。外地書友亦時常光臨，北京、河南、江蘇等地的師友，給秋緣齋留下了珍貴的記憶。

電腦桌放在對著小區公園的窗下，在這兒寫作，為幾家報紙撰寫專欄稿件，並及時把所思所想所悟及秋緣齋動態發至博客，與師友共用。讀寫累了抬頭就可看到公園的樹木、綠地，還有嬉戲的孩子，若是春季還可收穫滿眼的豔麗，那一串串的藤蘿花讓人產生無限的遐思。

書還在繼續膨脹著。許多作家、學者都擁有上百平甚至數百平的大書房，過著帝王般的生活，在他們的「後宮」裏，「佳麗」無數。何等的瀟灑快活，令我等蠹魚羨慕不已，並暗自發狠，如果條件允許，一定買更大的房子，也要享受一下帝王般的生活。

二○○九年六月二十三日於秋緣齋

【原載二○○九年十一月四日《深圳晚報》（廣東）】

感恩二〇〇八

時間總是那麼無情，人到中年才明白青春年少時常在作文中所寫「光陰似箭，日月如梭」的真正含義。轉眼間，二〇〇八隻剩一個尾兒。當我坐在電腦前，努力地從大腦記憶裏調取二〇〇八鏡頭時，心裏充滿了酸甜苦辣……

年初，不得不放棄傾注了我心血和汗水的《泰山週刊》。在當今社會，如果想正兒八經地做點事，就會出現這樣那樣的種種阻力和磕絆，來自敵人的挑釁好對付，可怕的是來自內部——那群精神方面亞健康的人，特別是自認為是領導其實是合作者的背後下手，那卻是致命的。報紙創辦五年來，經費運轉是小事情，個人名義創辦類似政府發行的報紙，怎麼會不惹人眼紅嫉妒呢，除了讚揚，更多的是噪音，五年來從沒消停過，但《泰山週刊》一路披荊斬棘還是在古杞都大地傳播。

報紙停刊，壓力緩釋，心情輕鬆，時間充裕。閒適讓自己成為自己的主人，兩次遠行讓我感恩。去海南，巡視了真正屬於自己的領地——橡膠園。站著充滿勃勃生機的橡膠樹下，望著滿山的綠色，往日的隱憂一掃而光，心情豁然開朗。在椰島，造訪了立楊兄的浮漚堂，立楊兄放棄了繁華的都市生活，攜帶八千卷藏書遷居海島，讀書，碼字，何等的灑脫。對於愛書人來說，有飯吃，有書讀，復有何求？

海南歸來，又去了嚮往已久的連雲港，遊東西連島，登花果山，踏尋吳承恩足跡……遊山玩水，與山水交情，山水給了我莫大的靈感。讀書寫字，向學者、老師學習，師友給了我莫大的幫助。在全國第六屆民間讀書年會上我感恩，感激與陳子善、王稼句、劉宗武、李傳新、董寧文等師友再度相會，感激與羅文華、黃政一、韓三洲等新朋友相識。大家一起探訪蒲松齡故居，一起暢談關於書的話題。特別是與王國華兄的徹夜長談，更是暢快淋漓，獲益匪淺。

上帝是公平的，有失便有得。盤點二〇〇八，我的報紙忍痛停刊，卻收穫了更多的報刊。《中國新聞出版報》、《新京報》、《藏書報》、《溫州讀書報》、《桂林日報》、《茶週刊》、《書友》、《聯合日報》、《揚子晚報》、《城市晚報》、《天津日報》、《城市快報》、《汕頭特區晚報》、《深圳晚報》、《四川政協報》、《出版史料》、《揚州文學》、《出版廣角》、《齊風》、《聊齋園》、《鄒城文藝》、《梅涇文學》、《藏書家》、《荒原》、《威海文藝》、《溫州圖書館學刊》等報刊發表我的作品；《老年文摘》、《黨政論壇》、《錦州晚報》、《湖南工人報》、《今日溫江》等報刊轉載我的文章；董寧文、金峰、自牧、張隆等先生在《我的開卷》、《草堂書影》、《民間書脈》、《一起去尋找週末的時光》等書中收錄拙作。讓我萬分感激。我的第五本書《秋緣齋書事續編》順利付梓，拙編《泰山書院》第二卷在朋友的鼎立相助下得以問世，也讓我聊以自慰。特別令我感動的是《深圳晚報》為我開設了「書林漫筆」專欄；天津《城市快報》為我開設了「秋聲夜話」專欄；吉林《城市晚報》以每週一篇的速度刊發拙作。

這一切讓我感恩，讓我感謝甘為他人做嫁衣的編輯們：綠茶、潘寶海、盧禮陽、張迪、張成、王國華、姚錚華、羅文華、王瑞、劉小萱、羅敏、黃炯相、王立、周晶、蔣亞林、伍遷、張洪浩……

我所棲居的城小，書攤更小，當下淘書之難，非同往日，淘書少了，師友的饋贈卻讓我感恩。萬分感謝張煒、周立民、袁繼宏、朱金順、徐雁、董寧文、馬嘶、馬曠源、張建智、羅文華、自牧、吳昕孺、袁濱、楊棟、王志、蕭慎紀、劉學文、胡磊春、文泉清、吳鴻等師友不斷賜寄新書，使得秋緣齋好書源源不斷；

感謝黃裳、李濟生、來新夏、邱勳、侯井天、劉宗武、朱紹平、劉德水等先生為秋緣齋題贈墨寶；二〇〇八，我的博客——「秋緣齋」得到了廣泛關注，年流覽量五十餘萬，在有幾十萬網友註冊的天涯社區，「秋緣齋」綜合排名達第四百四十位。感謝關注我的網友們；

感謝王玉民、李光星、萬志遠、徐勤儉等書友，時常相聚，探幽訪古，品茗聊書，不亦樂乎。

上述報刊、編輯、師友難免掛一漏萬。即使沒有提及，也一樣心存感激。

二〇〇八，不僅讓我收穫了文字，收穫了書籍，更重要的是收穫了友誼！

感恩二〇〇八！

二〇〇八年十二月二十日夜於秋緣齋

《新邑郭氏族譜》纂修記

尋找族譜

上世紀九十年代，余對族譜研究產生了濃厚的興趣，並陸續收集了許多譜牒資料，但自己家族的家譜卻始終沒有見到。詢問本族長輩，均說族譜在「文革」中燒毀。直到一九九九年才有族弟安岩送來了一本《新邑郭氏族譜》手寫本殘卷。該譜為民國二十三年（一九三四年）郭毓謙在由郭氏十一世郭璽於清道光八年（一八二八年）創修族譜的基礎上續修了建、毓、信三輩。

據傳新邑郭氏始祖明初由河北棗強縣遷居山東新泰泉里莊，後因郭氏人丁旺盛，遂改村名為郭家泉。新泰八景之一的「古泉連珠」即在該村。

該譜表明為二卷上，郭名香為三世祖。現存的這卷便是由郭名香開始。譜載：「祖諱名香，字古泉，住城西南鄉橫山保泉裏莊，生於明嘉靖丙午二月，終於萬厲丁未十月壽六十二歲。配孺人苗氏，生六子，長思舜，次思禹，次思湯，次思文，次思齊，次思魯。女三人，一適王文翰，一適徐應仕，一適焦守崗。塋於莊東北。」

余為思湯祖之後裔，《新邑郭氏族譜》載至余曾祖父郭寅敏，為十二世。除此之外，關於郭氏家族的資料再也無從考據。曾欲發動鄉人續修族譜，但無合適人選，而耿耿於心。

丙午夏，曾為老師，後成同事的族兄安敏來訪，稱擬續修族譜，正合我意，遂告知，修譜是一項復雜的工程，當時費力不討好，但對子孫後代是一件功德無量之事。首先要尋找舊譜，否則，無法續接。幾日後，安敏兄找到了一冊清道光八年（一八二八年）《新邑郭氏族譜》二卷上手抄本殘卷，載至余之太祖宗啟。所幸後附一篇由邑庠廩生仙洲范時憲於皇明崇禎七年十月所撰《名香祖墓表》，文曰：「郭公古泉新邑人傑也，少年英姿奇偉，賦性溫良，其德可以儀世，其才可以濟時，有隆古忠厚之風，無挽近浮薄之習，惜數奇不遇，困守田里，素行不愧鄉評，里人推重宰里數次，不愛之。鄉約數次，公正服人，持己接物，允愜輿情……」後面有族譜創修人郭璽幾篇記錄自己家事的文字。

僅有一冊族譜，續修族譜工作仍無法進行。遂囑安敏兄，在收集資料的同時，慢慢尋訪。因一些守舊思想，有許多家族的舊譜都在收藏人手裏而秘不示人，像宋代抗金名將李通及清代抗清將領張遇留的家譜，當初這兩個家族續修族譜時都沒有舊譜，而在續譜過程中逐漸被發現。安敏兄費盡心思探訪舊譜，己丑春日，終於打動了一位藏譜人，交出了七卷族譜。等看到送來的族譜，才發現不是全套。其中的三冊為二卷上，一冊二卷下，一冊五卷，一冊六卷，還有一冊未標卷名。名香祖人丁旺，占二卷上，名旺和名代二祖占二卷下，卷五、卷六為遷居小協鎮碗窯頭郭氏族人，未標卷名的為遷居新汶張家莊郭氏族人。

儘管族譜不全，但郭家泉村名香、名旺、名代三祖資料卻是全的。這套族譜是余曾祖郭寅敏於一九三九年組織族人進行了第三次大規模續修。

譜中載有《啟名例詩》：方建毓信安鴻英，天歸淑美樂有豐。居慎長載庚大化，受惠慶修奎元登。宗之啟名派莫紊，傳流百世太原興。道光八年始創譜，一支一派不可輕。

該譜資料更加詳細，譜載余之太祖宗啟為恩貢生。何謂貢生？就是在科舉時代，挑選府、州、縣生員（秀才）中成績或資格優異者，升入京師的國子監讀書，這些讀書人統稱為貢生。意為貢獻給皇帝的人才。明代兩代，貢生有不同名稱：明代有歲貢、選貢、恩貢和納貢；清代有恩貢、拔貢、副貢、歲貢、優貢和例貢。恩貢是明清時代，凡遇皇帝登基或其他慶典頒佈「恩詔之年」，除歲貢外，加選一次，稱為恩貢，由此，錄取到國子監讀書的人就是恩貢生。高祖允封被恩賜耆賓，按清制，每歲由各州縣遴訪年高有聲望的士紳，一人為賓，次為介，又次為眾賓，詳報督撫，舉行鄉飲酒禮。所舉賓介姓名籍貫，造冊報部，稱為鄉飲耆賓。曾祖寅敏簡介中記載，初任鄉長，繼任鎮長，兼任初級短期主任，兼理寨長。儘管祖上沒有顯赫身世，但得知自己祖上是讀書人，曾在國子監就讀，真是又驚又喜，值得驕傲。惜經朝代更迭、戰火蹂躪、「文革」動亂，祖上沒有傳下一本書，也沒留下一詩一文、片言隻語。余之愛書，或許祖上基因遺傳矣。

《新邑郭氏族譜》創修人郭璽思想開明，即使現在的族譜編寫者也望塵莫及。修譜者普遍存在封建思想，即女人不能入譜。而現在女部長、女省長、女市長比比皆是，而名字卻沒有載入族譜是一件很遺憾的事情。而修於清代的《新邑郭氏族譜》不但記有妻女，而且就連女兒嫁誰亦有記載，非常大氣。但大氣之中亦有藏「小」，編修者郭璽的祖父、父親、伯父及其個人名後均有小傳，族譜後還附有關自己家庭瑣事的文字，而對其他族人即使有功名者亦無介紹。白玉微瑕，郭璽對於家族的貢獻還是值得後人敬重和紀念的。

續修族譜，要做好吃苦、吃虧、吃氣的準備

因余收藏研究族譜，各地續譜人員不時登門求教，余皆熱心相助。看到一部部族譜付梓問世，而本族家譜無人過問，不僅躍躍欲試。幾次回鄉談及族譜續修，無人應之，余居於外，鞭

長莫及。時歎之。第三次修譜至今已七十年餘，若不及時續修，資料失迷，無法挽救。幸有族兄安敏傾力運籌，郭氏族譜續修有望矣。

己丑暮春，安敏兄光臨秋緣齋，云其單槍匹馬走門串戶收集家族資料已達兩年，收集了大部分郭姓族人資料，並帶來了他抄寫的族譜初編資料，不禁被他的執著精神所感動。遂告誡，續修族譜絕不是一兩個人可以完成的，需要組成一個班子，往往要費時幾年才能完成，成立續譜班為當務之急。

安敏兄半生手執教鞭，職稱中教高級，退休後，賦閒鄉里。見村廟九聖堂榱梁零落，院宇傾圮，神宇蒙塵。便組織族人，多方集資，費時三載重修廟宇。落成慶典，村人雲集，無不讚歎。此次續修族譜由安敏兄擔綱為最佳人選。

經一番籌畫，六月二十日，續修新邑郭氏族譜理事會領導小組主營成員安敏、安範、安公、安廣、安華、安敬、郭偉、洪等、洪成、洪湛相聚秋緣齋，召開第一次工作會議，討論續譜事宜。

草擬了《關於第四次續修族譜的公告》《第四次續修新邑郭氏族譜理事會規定》和《給郭氏宗親的一封信》。此次續修族譜較前幾次續修將更具規模，更加細緻完美，並有所創新。在譜內不僅登錄族眾的處世、姓名、出生年月、簡介，亦可刊發捐資者肖像，且男女均可入譜。每戶按現在實有人口每人捐資拾元，上不封頂。捐資百元者，記入族譜功德榜。捐資二百元以上者，在族譜刊發一寸彩色照片，並贈族譜一套。眾人觀看了余之藏譜，就續修族譜問題一一作答。

七月六日，天降暴雨，余與安敏兄冒雨趕回郭家泉，在郭家泉學校召開了續修新邑郭氏族譜理事會第二次工作會議，理事會成員二十餘人參加會議。有些與會人員十幾年未曾見面，為了續修族譜走到了一起，格外親切。在會上就收集資料、集資、捐款事宜做了安排。余之曾祖組織第三次修譜，此次修譜更是余之義不容辭的責任。余與安敏兄作為主事人，每人捐款一千元。

搞族譜纂修，必須要有奉獻精神，要做好吃苦、吃虧、吃氣的準備。續譜需要四處奔波，聯繫本家族人，採訪、登記、編修，費時費力，是為吃苦；續譜人員沒有任何報酬，而且不計時間，有些意外開支要自己破費，且帶頭捐款，是為吃虧；由於人們素質不同，在續譜工作中難免會遇到個別人的不理解甚至刁難，口出穢語，是為吃氣。過此三關，大事可成矣！

萊蕪尋根

現存的七卷《新邑郭氏族譜》中有五位老祖，其中居郭家泉兩位，居碗窯頭村兩位，居張家莊一位。人口最多者是郭家泉村郭名香後裔，郭名香為三世祖，其祖父、父親姓名失迷不可考，郭家泉另一位始祖為遵道。碗窯頭村兩位始祖皆名郭貴，張莊村始祖名諱失迷，三世祖為雲台。五個始祖是平輩兄弟，其下行輩統一，可能屬於一個家族，至於五位始祖從何處遷來，他們祖上是誰？因族譜第一卷缺失，這些問題都成了未解之謎。

在去本邑嶅陰村聯繫續譜時，曾聽族叔信生講，二十年前他去鄰市萊蕪郭家鎮走親戚，曾見過一套郭氏族譜，隱約記得譜上記載有郭氏三兄弟，老大居章丘，老二在萊蕪，老三居新泰郭家泉。如果消息準確，我郭氏家族便找到源頭了，必須親自去萊蕪查看族譜。

七月十六日，余與族叔信生，安敏、安敬二兄及族侄洪標一同前往萊蕪市郭家鎮。郭家鎮原屬口鎮，後屬張家窪街道辦事處。到達郭家鎮時，該村郭宗忠到村頭來接。至其家中，他說族譜保管者去趕集了，等他回來就把族譜帶過來。談起郭氏起源，他說，明洪武初年，有郭氏兄弟三人郭藍、郭青、郭紅從冀州棗強縣遷居萊蕪南站里，居住河邊，後河水氾濫，郭氏兄弟分遷三縣，長支郭藍遷居章丘埠村，次支郭青遷居萊蕪郭家鎮，三支郭紅遷居新泰郭家泉。郭家鎮皆為次支郭青之後，現有郭氏族人一千四百餘人。郭宗忠為二十世，今年七十二歲。其族行輩：「開國源同宗，京繼傳法廷」。開為十六世，廷為二十五世。但現在其家族不安行輩取名，只論世，因而取名大都挑字，隨意挑字取名很容易與自己祖上重名亦不得而知。

時近中午，族譜保管者送來了一函線裝族譜。名曰《古嬴郭氏族譜》，清代同治十三年創修，民國二十二年（一九三三）重修，堂號「敦睦堂」。該譜兩函十冊。他只帶來五冊。卷一為序文、傳記，卷二始祖郭青後注曰：「公自明初洪武年由冀州棗強遷來，長支居章邑埠村，次支居萊邑郭家鎮，三支居新泰郭家泉，兄弟三人遷居三縣，公葬東嶺塋內。三支復回萊邑南站里。」由此可以斷定，郭紅並不是從萊蕪遷居新泰，而是直接從棗強遷居新泰郭家泉，後再遷萊蕪南站里。

郭紅與新泰的郭氏族人是什麼關係呢？卷二有關郭紅的資料有兩頁，郭紅簡介曰：「公自明洪武年由冀州棗強遷新泰，自新泰移居萊邑南站里。」一子經綸，經綸有三子，長大年、次大有、次大慶。大年後裔遷居北站里莊；大有後裔遷居官家莊下窪；大慶後裔遷居莪峪莊。翻看了一至五卷均無有關郭家泉的記載，請保管族譜者把後五卷拿來，那人頗為不悅，催促再三才回家帶來後五卷。余逐一翻閱，得知該譜為次支郭青與三支郭紅之族譜。卷九、卷十為郭紅後裔族譜，其後裔均與郭家泉沒有任何聯繫。

據《古嬴郭氏族譜》載，郭紅自明洪武初年（一三六八）遷居新泰郭家泉，後遷萊蕪。估計在郭家泉居住時間不長，如果時間久了總有後人留在新邑的。而《新邑郭氏族譜》載，吾三世祖郭名香生於明嘉靖丙午年（一五四八），由此可以推算吾始祖與郭紅來郭家泉相距大約一百二十多年，相差六七代人。而且，《古嬴郭氏族譜》所載郭紅後人亦無居郭家泉者。郭紅與現在的郭家泉人到底有無關係呢？有待於進一步探討。尋根之旅無功而返。

郭氏族人外遷人口遍佈各地，續譜理事會成員各有分工，一一通知外遷族眾，以免遺漏。七月二日，與安敏兄去龍廷鎮尚志莊找郭姓人聯繫續修族譜事宜，該村郭姓均不知何年遷來，祖上是誰。一人拿來郭氏行輩，與郭家泉行輩一致，應該是一家人，否則，行輩不會統一。遂讓他們自己先收集整理族人姓名，之後再找其祖屬於那支。

從龍廷回來，去嶅陰村，書記姓郭，從郭家泉遷來，拿出老譜，他馬上找到了他的祖父姓名。隨即成立了續譜小組，商定了續譜事宜。

《新邑郭氏族譜》曾經出現溝西字樣，但在譜中卻查不到從哪支遷出。七月二十三日，去該村洽談續譜事宜。與安敏、安敬二兄來到達羊流鎮溝西村後，村支書郭承列約來了兩位老人，其中一位叫郭德信，與我同輩，當他得知我們來自郭家泉時，他說，那裏有他的兩位同學，一問名字，他的同學竟是我的父母，他們是五十多年前的師範同學，我馬上打通了爸爸的電話，讓他們通話敘舊。另一位老人很幽默，他講了一個笑話，新上任的鎮黨委書記問他貴姓，他說，郭沫若的郭，朱德的德，葉劍英的英——郭德英。溝西村的行輩雖然與郭家泉不同，但可以相論，只是同輩的世系他們卻低一世。

他們找來了一份手抄的郭氏族譜，記載有，一世祖兄弟四人，分居四地，長支郭經居溝西，次支郭緯居章丘埠村，三支郭細居新城，四支郭紅居郭家泉。溝西村郭姓族人七百余人皆為郭經後裔，譜載：「始祖諱經，住城西北流保，生四子，長子文通、次子文昌、三子文興、四子文舉，塋溝西莊羊公墓前。」郭經後人在明代曾出一進士。

原來一直認為溝西郭氏族人是由郭家泉遷出，溝西人也這樣認為，但從該譜看出，並不是如此。萊蕪的《古嬴郭氏族譜》說，兄弟三人分居章丘埠村、萊蕪郭家鎮和新泰郭家泉。這份族譜卻說是兄弟四人分居羊流溝西、章丘埠村、新城和郭家泉。兩份族譜都提到章丘埠村和郭家泉，而且居郭家泉的都是郭紅。溝西郭氏族譜因無序跋，不知族源。他們的行輩為「仲德承家寶，增元振志長」。

吃過午飯，來到羊流鎮二窪村。該村郭氏均由郭家泉遷出，為名旺支後裔。該村郭氏族人一百餘人。在郭成山家，他說自己續寫了部分族譜，拿出給我們看。郭成山是退休老支書，已經整理了部分族譜內容，他自己續寫本支族譜，更說明續修族譜的重要，修譜也是族眾渴望已久之事，遂讓其負責該村的續譜工作。

在小協村，寓居該村的郭姓族人輩分最高的郭玉環也是威望最高的，他約來九位家族代表共進晚餐，他們當場每人捐款二百元。他說：「先拿著這些錢，作為外出的費用……」有這些熱心的族眾支持，更增加了修好族譜的信心和決心。

有人介紹原在新泰劇團工作的郭際德祖籍章丘埠村，七月二十四日上午，余至其家中，瞭解埠村郭氏族人遷徙情況。因其常年在外工作，對老家情況不瞭解。一會兒，他突然想起，他弟弟曾給他一份材料，找出一看，是一遝手抄的埠村郭氏族譜序言。《章丘埠村郭氏族譜》於康熙三十年創修，後分別於雍正元年、乾隆三十五年、嘉慶十年、道光十三年、同治十二年、光緒三十三年六次續修。光緒三十三年十七世郭文藻在《重修家譜序》中說：「吾族郭氏棗強人也，前明洪武二年遷發濟南府章丘縣占籍埠村鎮，五世單傳，至六世始分六支……」

章丘郭氏始祖為郭清，既不是萊蕪郭氏族人所說的郭藍，也不是溝西郭氏族人所說的郭緯。因未看到原譜，不知是否記載郭清兄弟遷徙情況。

尋根之途更加撲朔迷離。

尋覓失落的族人

族譜載，有三支祖後裔住城南馬莊，又遷居名公莊。七月二十一日，與安敏兄騎電動車出城，南行十數里，找到名公村。找人打聽郭姓族人，該村分四個自然村，沒有一戶郭姓人。一老者說，鄰村東橋有一家姓郭，不知是不是我們要找的人。東橋屬於東都鎮，村頭有一古典建築物，像祠堂。上有扁曰「喬莊李姓碑樓」，遂下車，從窗口望去，不禁震驚，室內迎面整面牆鑲嵌著李氏譜碑，東西兩側牆上鑲嵌著捐資名單。碑樓外東側立著老譜碑。一位老人前來搭訕，說碑樓是二〇〇七年李姓族人捐資建立，由於自己修建，省去的工費，共花費八萬餘元。望著漂亮的碑樓，羨慕不已。老人熱情地邀請到家中喝茶，向老人打聽郭姓人，他說，該村只有一家人姓郭，男人已經去世，大兒子也死了，家中只有老太太和一位智障兒子。按老人指點，來到了一處破舊的小院，廢舊的院落與周圍的新房形成了強大的反差，說明主人生活的窘困。正要叩門，一位老太太出來，我們說明來意，她說，老家是泰安大白峪，男人在新泰工作，就在這兒落戶了，大兒子去世後，兒媳和孫子回老家去了。得知我們來自郭家泉，她說，他們就是從郭家泉遷去泰安的，詳細情況她也說不清楚，只說他的孫子是洪字輩，這個輩屬於郭家泉郭氏家族的第十六世。這條線索很重要，很有必要去泰安大白峪瞭解情況。

回家後，便從網上查找泰安大白峪的資料，得知，大白峪屬於泰安市泰山區徐家樓街道辦事處，大白峪村已改為大白峪社區，在網上找到一個社區電話號碼，打過去問了一下工作人員，讓她給介紹幾位郭姓族人的電話，她說了幾個人的名字都是玉字輩，這又與郭家泉輩分吻合，玉字輩是十三世，更加說明與他們是一個家族。

大白峪這支族人，族譜沒有記載，續修族譜就是要儘量不要漏掉一戶族人。八月十七日，與安敏、安敬去泰安與幾位在泰安工作的族人商談續譜事宜，午飯後，下起了大雨，打聽了徐家樓的大體方向後，冒雨驅車去找大白峪社區。大白峪舊村改造，居民已全部搬入新落成的居民樓，找到郭玉勇家，說明情況後，他拿出了一份手抄的《郭氏族譜》，從序中得知其始祖郭朋賓、郭洞賓兄弟二人自高唐縣遷居泰邑白龍峪（今大白峪）。行輩從第十一世開始：「興玉傳繼廣，紹照吉慶祥」。可見與我們不屬一個家族，我們遇到的「洪、玉」兩輩只是巧合而已。

堂號是一個家族的魂

過去每個姓氏、每個家族，都有自己的堂號。所謂的堂號就是祠堂的名稱、稱號。祠堂又稱家廟，是一個家族供奉、祭祀祖先以及舉辦宗族事務的場所。祠堂的正門上方一般都掛有題寫堂號的匾額。堂號是中國特有的傳統文化，對於弘揚孝道、敦宗睦族、維護家族及社會的團結穩定曾起到了積極的作用。

堂號不僅僅是用在祠堂，還多用在族譜、店鋪、書齋及廳堂、禮簿等處。也有用在生活器具上的，如在斗、麻袋、燈籠等上面大書堂號，以標明姓氏及族別。

歷來每個姓氏、每個家族，都有自己的堂號。目的是讓子孫們每提起自家的堂號，就會知道本族的來源，記起祖先的功德。堂號不是隨便亂取的，有的是以地名作堂號，如郭氏家族的堂號有「太原堂」、「汾陽堂」等，這些堂號，使人一看就知道這個家族是從哪裡發源來的；有的以宗族典故作堂號，「尊賢堂」是戰國時燕昭王為郭隗所設，當時，燕昭王招賢，郭隗對他說：「你有招賢，先從我開始。你對我當賢人尊重，比我賢的人就會找你來了。」於是昭王給他建了宮室曰金台，並把他當作老師來尊重。於是樂毅等有才能的人皆來歸附燕國，燕國逐漸強大起來；還有的以道德倫理作堂號。如萊蕪郭家鎮的郭氏家族堂號「敦睦堂」，章丘埠村的郭氏家族堂號「福祥堂」。

堂號的好處就是無論走到哪裡，只要說出自己的堂號，就能知道是不是自己的同宗同族。郭家泉郭氏家族過去一直沒有堂號，借此續修族譜的機會為郭氏家族取一個堂號。

古時新泰多泉，以泉為名的村莊就有幾十個，名泉三十六，其中之冠為瑞珠泉，瑞珠泉又稱泉裏泉、珍珠泉。泉水從沙際而出，忽聚忽散，忽斷忽續，似串串珍珠，固有「古泉連珠」之稱。郭氏家族，自明代遷居於此，遷徙至此，見此泉汩汩不竭，累累如貫珠，泉邊林木交蔭，與水光相掩映，實乃天然之景。遂安家於此，刀耕火種，繁衍生息。原名泉裏莊，後因郭氏人丁興旺，遂該村名郭家泉。明代縣令李上林在泉旁建亭，以供遊人觀泉休息。清乾隆四十八年，新泰知縣江乾達續修《新泰縣誌》時，把「古泉連珠」定為新泰八景之一，文人墨客詩詞歌之賦之詠之歎之者不乏其人。

郭家泉作為新邑郭氏族人發祥地，可以瑞珠泉作為堂號，取名「瑞泉堂」。在第四次續修新邑郭氏族譜理事會成立大會上，我提出此議案，無人提出反對意見。此後，新邑郭氏族人便可以「瑞珠泉」作為堂號。

失去譜系，就像在黑夜裏前行

有一支郭姓族人由郭家泉遷往鄰縣蒙陰的西儒來村，後有分支復遷新泰汶南鎮趙家莊村。該村退休支書郭永和講了一個故事，同鎮有一年輕郭姓人，稱他為叔，後來，這位年輕人升任煤礦礦長，一日見到郭永和，說：「我聽人講，我的輩分比你大，你應該叫我叔才是。」郭永和大怒：「你當了礦長，我叫你叔，如果當了書記，我還得叫你老爺嗎？」通過這次續譜，追根溯源，理清了譜系，郭永和係瑞泉堂郭氏十八世，而那位年輕礦長是十五世，郭永和要喊他老爺爺。講完這個故事，郭永和自己就感到好笑，由於不知輩分，竟然導致祖孫顛倒，長幼無序。失去譜系，恰似人在黑夜裏前行。

接樓德鎮苗莊村郭振海電話說，他祖上要飯去了樓德，後來三九年老家續譜時，曾去找過他們，當時很窮，怕交續譜費用，就謊稱不是從郭家泉遷出，因此沒有入譜。聽說郭家泉要續譜，就趕緊聯繫要求入譜。問他父親、祖父及曾祖父名字，均為自己挑字取名，他們不知道自己屬於多少世，為孩子取名都不好取了，入譜要求相當強烈。後來又連續打來幾次電話，詢問入譜情況。便決定到該村去實地查看一下有無實物及文字記載。十月九日，驅車去樓德。在路上心裏也不踏實，如果找不到有力的證據，如何給他們入譜呢，因不知他們多少世，也不能隨便安排。

樓德鎮地處魯中山區，徂徠山之南，地處寧陽、泗水、新泰、岱嶽四縣市區交界，是泰安市計畫單列鎮、副縣級單位。春秋時為菟裘國國都，境內雲雲山為歷史名山，自秦朝以來先後有六位帝王到此封禪，漢朝時曾設置柴縣，清代屬於泰安，解放後曾先後作為泰寧縣、泰泗寧縣、徂陽縣駐地，後歸新泰市。因而有些風俗與老家稍有不同。

到達苗莊後，其家族的主要成員均已到齊。與他們座談，均不知自己多少世，不知輩分，所有的名字都是隨意挑字。問他們有無譜碑等實物或文字記載，均搖頭不知。儘管他們積極要求入譜，但是由於不知譜系，根本沒法入譜，也不能隨便給他們找個輩分安插在譜內。我讓他們把春節祭祖時的摺子拿出來，看看祖先的名字，或許從中可以找到有用的線索。

郭振海找出了一個很陳舊的摺子，記載著其祖先的名諱，是春節祭奠祖先時擺在供桌上用的，打開摺子，一眼就看到了其太祖名為宗盛，宗字輩是瑞泉堂郭氏十世，從摺子上的名字往下排，郭振海正好與我同輩，十五世。他們一家一個二十九口，當即登記了入譜資料。一家人皆為找到自己的世系興奮不已。

二〇〇九年五月四日至十一月七日於秋緣齋

【原載二〇一〇年第二期《新泰文史》（山東）】

注：本文係在《新邑郭氏族譜》的纂修過程中，記錄下的一些片段，由於族譜的纂修尚未結束，因而本文也在續寫中。

生活空間

瞧，這個人！

在我交往的師友中有兩位知名的美髯公，一是湖南的彭髯子——彭國梁，另一位是雲南的馬髯子——馬曠源。兩位都是才華橫溢，著作等身的作家。彭髯子暫且不表，今天，咱就先說說馬髯子。馬曠源在教育界是大學教授，從教三十多年，桃李滿天下；在文學界，他取得了一些專業作家也無法比擬的成就；在政界，他是雲南楚雄州政協副主席，副廳級官員。按說他應該是一位要風得風，要雨得雨的主兒，但是在現實生活中卻是處處掣肘，歷經坎坷。因為他是一位寧折不彎、敢作敢為、響噹噹的漢子，是一位「不合時宜」的真人。

馬曠源齋名風嘯齋，典出「風嘯嘯兮易水寒，壯士一去兮不復還」，取荊軻殺身成仁意。由齋名可看出曠源兄的堅強、倔強、堅韌不拔之性格。曠源兄為人作文皆我行我素，從不顧忌別人說什麼，只要認准的事情，就要堅持到底。他在接受記者採訪時說：「設定目標之後，勇往直前，不受任何干擾。哪怕是碰得頭破血流，只要不傷及性命，依然執意向前。」性格註定了他一生都要戰鬥。

厄運在初中就已開始，十三歲的他因班主任推卸責任，嫁禍於他，撤銷了他的班長職務，在全校批鬥一年。報考大學時，連續兩年成績優良，因受父親牽連，政審被卡。第三年終於衝破藩籬，進入了雲南民族學院就讀。畢業後，先後在楚雄衛校、楚雄州委黨校、楚雄師專、楚雄師院工作，主持創辦了《楚雄師專學報》，任楚雄師專學術委員會副主任，《楚雄師專學報》常務副主編。一九九七年，馬曠源當選為州政協副主席。

木秀於林風必摧之，趁他下鄉考察之際，他所在的學院沒有報上級批准，也未通知他，就突然宣佈免去了他在校內的職務，命他回中文系上課。他擔任副教授十五年後，申報正教授時，卻被當時他任評委時評出講師們組成的評委所否決；學院不認可他的科研成果，理由是他的著作前言、後記、勒口均未提他是該學院的人。消息傳出，輿論譁然。後來省委領導過問，才算解決問題。這麼一個有影響的人物，在本單位卻受到如此對待，實在匪夷所思。

馬曠源不僅僅是作家，確切地說他是位雜家，對文學、史學、民俗學、文學評論、書話等多有涉獵。他的著作有長篇小說、詩集，也有學術著作。他的散文素樸縝密，清雋沉鬱，語言洗煉，文筆清麗，極富真情實感。曠源兄是位活得真實，極有個性之人，他的散文也像他那頷下美髯一樣真實。曠源兄的老友湯世傑說：「他就是他，他的散文就是他的散文。一個人活在世上，總該活成他自己。一個人的文章要活在文壇，難道不也要活成他自己嗎？」他的學術著作《馬曠源民族文化論集》，分《西遊記考證》、《傣族文化集》、《彝族文化論集》和《回族文化論集》四卷，是曠源兄學術研究的一項重要成果。

在文化圈裏馬曠源仍遇到一些尷尬，他早在上世紀九十年代初就已加入中國作協，出版了三十餘部文學及學術著作。然而一些省作協會議他都沒有參加的份兒，在一次省作協代表大會上，一位老作協主席問，為什麼不安排馬曠源任委員？主事人宣稱，他連代表都不是，無法安排。很多人都明白，馬曠源去了，會搶了他們的風頭。這一切皆因妒忌使然。

面對喧囂的社會，曠源兄依然保持童真。工作之餘仍專心作他的錦繡文章，作品一部接一部出版。引得一些無聊小人妒火中燒，四處散佈流言，他從政，不腐敗，又無辮子讓人抓，便有他所到之處必有美女作陪，吃飯需有美女應侍之反映，惹得紀檢部門找他談話。面對這些空穴來風，馬曠源不屑一顧。在新著《幽閒鼓吹》出版時，特意找了一些與女作家、女同事、女同學、女學生的合影照片放在書中。「以證事實，壯聲色」。曠源兄心裏明白流言蜚語是成功人士獲得勞動成果時的副產品，只要坦然面對，謠言不攻自破。

曠源兄無論做事、作文皆不按套路，一切我行我素。近年來他致力於書話創作，出版了《雁峰書話》、《蕪園書話》、《雲水書話》、《天南書話》等。當他的一本新書話集出版時，沒有再取書話之名，而叫《幽閒鼓吹》，他說：「見到某小報關於書話問題的討論，連篇累牘，一意要為書話正名。似乎不按其要求所寫，就不能算是書話，須逐出教門。便有些小心怕怕起來。湊巧讀唐書，撿到一聯『幽閒鼓吹』，借過來，代替了書名。」他何曾怕過什麼，只是感到好玩而已。至於書話的寫法，唐弢先生說：「需要包括一點事實，一點掌故，一點觀點，一點抒情的氣息」，這似乎成為書話寫作的定律。這只是一種寫法，書話本不應該有什麼定法，只要是關於書的話題，想怎麼寫就怎麼寫，無拘無束才行。如果像古體詩那樣非要講究平仄對仗，受各種條條框框的束縛，那麼寫出來的書話就千篇一律了。

曠源兄的藏書頗具規模，而且像孫犁一樣有包書衣的習慣，滿架的書都被包得土色土香。有人借書，他寧可再買一本送人，也不外借。一日，幾位學生結伴來訪，有的陪他聊天，有些在書架前瀏覽。當學生離開時，他發現有幾位學生躬身而行，大喝一聲，有書從懷中掉出，被他笑罵一番，學生倉皇而逃。馬曠源並不是一位整日滿臉階級鬥爭的鬥士，也充滿生活情趣。平日，各地師友給我郵寄的書刊在郵途屢屢丟失，長沙書人蕭金鑒稱我為「丟書專業戶」，曠源兄看到這個消息，便寫《戲贈「丟書專業戶」阿瀅》一詩寄來。朋友讀之，皆捧腹大笑。他還曾寫過一個《皇帝上廁所》的笑話，更是讓人忍俊不禁：

> 皇帝上廁所有嚴格程式，先是金鼓齊鳴，造勢。然後由太監擁至御廁，一個口令，一個動作。太監喊：「開——龍——袍！脫——龍——褲！掏——龍——具！灑——龍——水！」皇帝依次完成。然後再喊：「甩——龍——頭！一甩龍頭——再甩龍頭——三甩龍頭——」尿液甩淨後，又喊：「置——龍——具！復——龍——褲！穿——龍——

袍！恭——送——皇上！」小便儀式到此結束。皇后看到如此氣派，也想試一試。於是一群宮女將皇后擁至御廁，開喊：「開——鳳——袍！脫——鳳——褲！開——鳳——眼！灑——鳳——水！」再喊：「夾——鳳——眼！一夾鳳眼——再夾鳳眼——三夾鳳眼——」皇后說：可以了。正要離去，突然屎急。宮女又喊：「開——鳳——肛！」

這則笑話讓人笑過之後不由得陷入深思，許多人在某一位置上常年以來都是按照一定的程式機械地運行，沒有思維，沒有創新，年復一年，日復一日，只是一具沒有靈魂的木偶。假若曠源兄亦是按部就班、循規蹈矩地按規則行事，那麼，他也會少受非難，左右逢源，在一片讚頌聲中，平平穩穩的做一個好好先生，而他偏偏是一粒響噹噹的銅豌豆，少了一個「老好人」，多了一位「鐵漢子」。戊子年秋日，經省、州委領導批准，曠源兄終於含淚離開了他參與建校的楚雄師院，到州政協任專職副主席，真可謂被逼著去做官了。得知這一消息後，心下竊想，幸虧曠源兄去的是政協，如果是其他部門，以曠源兄的性格，這個官員也不會長久的。

到了政協，工作不再像以前那樣忙碌了。對曠源兄來說，更是如魚得水，有更多的時間去體驗生活，去搞自己喜歡的研究和創作。己丑初夏，又收到了曠源兄的新著《風寒日冷江湖晚》。信中說：「我近日住院，生平第一次。中耳炎導致頭痛不已，已逾兩月。住院也已半個月矣，感觸多多。但未傷及大腦，還可罵人！」他人在醫院，仍不忘罵人，可謂秉性難移也。

曠源兄曾寫過一首《自題小像》，最能體現他的個性：「這是一個敢愛敢恨的人。用熱烈的愛，擁抱熱烈的憎，如赫拉克勒斯，在空中捏死安泰。有很多人愛他，也有很多人恨他。固執地堅守住自己，一路向前走去；當轟然倒下時，用骸骨壘一個大寫的人字！」

二〇〇九年十二月十九日於秋緣齋

【原載二〇〇九年第四期《書人》（湖南）】

「書愛家」龔明德

龔明德先生曾說，朋友之間相互贈書應該是節日了。因而我時常處在過節的興奮之中。初夏的一個午後，一部帶有墨香的《有些事，要弄清楚》悄然而至我的案頭。龔明德先生又讓我過了一次節，這也是秋緣齋所藏第五部龔明德先生的著作。龔明德曾製作了許多毛邊書，像《董橋文錄》、《林徽因文存》等，不只一次掀起毛邊熱潮，《有些事，要弄清楚》恰又是一部純正的毛邊本，必將為「毛邊黨」所追捧。

《有些事，要弄清楚》是龔明德先生的新作，內容並不陌生，結集前大都在報刊或他的部落格讀過。其中的一些文章還是我編發的。當我用特製的竹裁刀一一裁開，在床頭臥讀時，比第一次閱讀又有新的感受。首篇是龔明德先生的大書話《累遭誤解的〈玉君〉》，他考證了上世紀二十年代山東作家楊振聲的作品《玉君》的出版經過，反駁了社會上對《玉君》的一些不公正的評價。徹底說透了這本書的前因後果，就這篇文章，龔先生在電話裏告訴我：「我把魯迅也給說了」。這篇七千餘字的文章，在我主持的報紙上，分兩期，用了兩個整版，配了十幾幅圖片和書影發表後，在讀書界產生了一定的影響。因兩期報紙是分開郵寄的，由於郵局的原因，許多作家、學者沒有收全，紛紛寫信索要缺失的一期報紙。當時，谷林先生來信說：「此次賜寄八月二日《週刊》，得明德兄大作關於《玉君》之後半，渴望能識全貌，敢乞補贈其前文，不知是否刊在七月下旬之一期，尚有存報否？」

龔明德先生做學問的嚴謹與執著令人敬佩。《新華字典》經過眾多專家學者修訂後，號稱「錯誤率為零」，然而，龔明德先生竟然找出了許多錯誤之處，寫出了多篇糾錯文章。在一所大學進修時，他對丁玲的長篇小說《太陽照在桑乾河上》的修改產生了濃厚的興趣。從圖書館借出了幾個不同版本，逐字逐句地比較，寫出了學術處女著作《〈太陽照在桑乾河上〉修改箋評》，由湖南人民出版社公開出版。他從高校調到出版社工作後，因《〈圍城〉彙校本》引發了一場與錢鍾書的官司。事隔幾年，北京一位朋友在潘家園淘到了當時圍繞這場官司的一些錢鍾書、楊絳等人與人文社的通信。朋友給我寄來了一套複印件，讓我轉交龔明德先生。這些信中還有一位著名的書話家因為當時曾為《〈圍城〉彙校本》寫過書評，怕受牽連，而極力擺脫表白自己的信件。看了這些信就可以想像的出當時龔明德承受著多大的壓力。

與龔明德先生相交多年，卻一直緣慳一面，但從照片上可以看出，他著衣總是很隨便，過著儉樸的生活，卻拿出鉅款購下住宅對面的一套房子作為生活區，因為原來的那套房子實在是被書擠滿了。他的藏書之豐在讀書界是很有名的，從時常出現在《深圳晚報》、《藏書報》等報刊上的「書運亨通」系列文章中，可以看出龔明德先生的淘書之勤。他特別厭惡別人稱他為藏書家。他與眾多的愛書人一樣，並不是刻意搜求孤本、珍本，而是為研究而購書、聚書。魯迅、孫犁等人的藏書都不在少數，沒人稱他們為藏書家。因而，他別出心裁地創造了一個辭彙「書愛家」。藏書家與書愛家是兩個不同的概念。

龔明德先生對年輕愛書人都給予積極的幫助和鼓勵，傾力培養讀書種子。對老一輩作家更加尊重。一次，與朋友聊天，我笑稱龔明德是流沙河辦公室主任。流沙河先生去湖北、到南京皆由龔明德陪同；龔明德先後為流沙河編輯了《流沙河短文》、《流沙河隨筆》、《再說龍及其他》等著作；有人需要流沙河題字也大都找龔明德從中聯繫。流沙河對龔明德組織的活動也每每出席坐鎮給予支持。因此，可說龔明德是當之無愧的「流辦」主任。

流沙河先生曾贈龔明德一聯：「陪著齋中萬卷，斷了門外六場」。龔明德先生齋名「六場絕緣齋」，所謂六場，即舞場、賽場、官場、賭場、情場、商場。有人提出異議，說他情場未絕，其實六場為泛指一切與書無關的場面。流沙河先生覺得「六場絕緣齋」太絕對，遂在一次與龔明德南遊歸來的火車上取齋名為「明德讀書堂」，與「六場絕緣齋」並用。龔明德先生並不是「兩耳不聞窗外事」的書生，而是構築書香社會的積極倡導者和實踐者，當紙質讀物有逐漸被電子讀物取得之勢時，成都的閱讀活動卻頻繁舉辦，新書品評會、講座、書人茶聚等等，如火如荼，這座城市又像上世紀四十年代一樣，倍受矚目，成了書人嚮往之所。活動策劃者便是龔明德先生。

目前，自稱在出版社「打工」二十五年的龔明德先生，又再次回到大學恢復了「賣嘴」生涯，並從事專職研究，可謂龍回大海。相信將來會有更多的龔著為社會增添書香。

二〇〇九年六月十四日於秋緣齋

【原載二〇〇九年七月三十日《中國鐵道建築報》（北京）】

董寧文：營造書香社會的義工

南京有個鳳凰台飯店，鳳凰台飯店辦了一份民間讀書雜誌《開卷》，《開卷》的主事人叫董寧文。

董寧文這個名字愛書人都不陌生。南京畫家劉二剛在一篇文章中這樣寫道：「他圓頭圓腦，裝著智慧，眼睛不大，目光敏銳，嘴不伶俐，包含著修養，腰背不挺，背負著責任和學問。」簡單的描述，形神具備，一副憨厚、睿智的形象活靈活現。

現在的雜誌大都在改版、增刊、精印，急功近利地追求時尚、浮華。相比之下，只有一個印張、封面與內文皆黑白印製、騎馬訂的小雜誌《開卷》，在外形上有些相形見絀，但內容卻是厚重的。《開卷》為月刊，創辦至今已出版一百多期，作者多為腹笥充盈的文化老人，緣原、谷林、牧惠、黃宗江、范用、何滿子、周有光、黃裳、舒蕪、楊絳……文化老人們不會輕易給雜誌寫稿，一要看雜誌的質量，二要看編輯的人品。能約到這些當年叱吒風雲的文壇大腕的稿子，說明董寧文的人品受到了老人們的肯定。董寧文對這些文化老人大都登門拜訪過，季羨林、施蟄存、柯靈、楊絳、王元化等老先生家裏都留下了董寧文的足跡，《開卷》和董寧文都被這些老人認可了。于光遠說，《開卷》好就好在小，不論發展多大，也不要變大，還是這樣的小冊子，文章小，有乾貨。長文章空話套話就多了，沒有意思。

《開卷》有一個「開有益齋閒話」專欄，是一個與各地文化人物互動的欄目，也可以說是文化名流的起居注，記錄了他們出了什麼書，參加了什麼活動，創辦了什麼雜誌，甚至病逝的消息。每次收到雜誌，我都是習慣地先讀這個欄目內容。這些看似不經意的文字，卻記錄下來許多珍貴的史料。後來董寧文把這個欄目的內容結集先後出版了《開卷閒話》、《開卷閒話續編》、《開卷閒話三編》和《開卷閒話四編》，再過兩個月，《開卷閒話五編》又將由南京師範大學出版社出版。

董寧文在編輯《開卷》的同時，還與國內十來家出版社合作，參與策劃出版了近百種圖書，其中「讀書台筆叢」十種、「六朝松隨筆文庫」十二種、「中國版本文化叢書」十四種、「書林清話叢書」十六種等。《開卷》所刊發的文化老人的文章都是原創性的，具有極高的文化價值。出於對精英文化的責任感，董寧文還編輯出版了三輯開卷文叢，將這些文化老人的作品精華結集出版，每輯十種，三輯分別由鳳凰出版社、嶽麓書社和湖南教育出版社出版發行。「開卷文叢」與《開卷》的風格基本一致，以文化老人作品為主，並著意發掘被文學正史所湮沒的作品和作家。《人書俱老》的作者李君維先生是上個世紀四十年曾是海派報人和海派小說家，和沈從文、張愛玲一樣，是中國文學界的「出土文物」。他和張愛玲是同時代的作家，當年曾拜訪過張愛玲和張愛玲的同學炎櫻。《人書俱老》是他在解放後出的第一本書，書中收集了不少憶舊文字，現代文學史料學專家陳子善先生在序中介紹了李君維被重新「發現」的經過。

二〇〇五年，董寧文把他所約寫的五十多篇介紹自己書房的文章結集為《我的書房》，由岳麓書社出版發行。王世襄、黃苗子、于光遠、呂劍、王元化分別題簽，董橋、流沙河作序。全是大家文章，並配有書房圖片及作家手跡，圖文並茂。這個陣容想不火都不行。董寧文乘勝出擊，又連續主編了「我的系列」——《我的書緣》、《我的筆名》、《我的閒章》、《我的開卷》，一時洛陽紙貴。

在許多媒體不斷地削減讀書版的時候，各地的民間讀書報刊相繼創辦，北京的《芳草地》、山東的《日記雜誌》、上海的《博古》、湖南的《書人》、四川的《讀書人》……一時間如火如荼。二〇〇三年十一月，《開卷》領銜組織召開了首屆全國自辦讀書報刊討論會，對民間讀書報刊的辦刊方向及發動全民讀書活動進行了有益的探討。自此形成慣例，每年一屆的全國民間讀書年會已在湖北、北京、江西、內蒙古、山東等地召開了六屆。因了董寧文對讀書界的貢獻，二〇〇九年五月份在寧波召開的中國閱讀學研究會上，董寧文當選為中國閱讀學研究會讀書報刊聯盟副主任。

董寧文藏書亦豐，在他的書齋癖斯居裏有相當一部分簽名本和名人題字，近水樓臺先得月，他在與文化老人的交往中得到了許多的簽名本和題贈墨寶。一次，黃裳先生重遊金陵，董寧文陪同，遊覽明孝陵回城後，車子進了一個小區，是寧文的家，寧文從書櫥裏取出了一疊黃裳先生的早期著作，請黃老簽名。黃裳先生笑稱是「綁票」式簽名。黃老一一簽名後，寧文又拿出宣紙，請黃老留下墨寶，黃老提筆寫下了「鄉嬛福地」四個字。流沙河先生光臨「癖斯居」時題寫了「夜臨書城」，並作跋曰：「西元兩千年九月十日之夜，攜國梁、明德以及內子茂華訪寧文之書齋，諸君所談莫非書也，夜久竟不得出。流沙河記」。寧文還有個專題收藏，就是收藏「書緣」二字，每期的《開卷》封三都刊發一幅名家題寫的「書緣」。他與人有緣，與書有緣，因而他的隨筆集就叫《人緣與書緣》。

我與董寧文幾次見面都是在會上，來去匆匆，一直沒能細聊。直到丁亥秋日，我與徐雁及寧文二兄同往曲阜朝聖，才有機會暢談，名人掌故、書界趣聞、出版軼事，與他似乎有聊不完的話題。對他也有了更加深入的瞭解。他是一個寬容之人，俗話說，人無癖不可與交。大凡有作為之人都有個性，甚至有怪癖。董寧文時常與各色人等打交道，對一些人的怪癖也能理解。

他說，越是有毛病的人也越是能做點事的人。正是因了他的包容之心，才使得《開卷》獲得了更多愛書人的支持與關注，使得《開卷》成為中國文化界的一份名刊。

二〇〇九年六月二十九日於秋緣齋

【原載二〇〇九年第三期《今日閱讀》（江蘇）】

岱下嫏嬛

知堂先生在《書房一角・序》中寫道：「從前有人說過，自己的書齋不可給人家看見，因為這是危險的事，怕給看去了自己的心思。這話頗有幾分道理的，一個人做文章，說好聽話，都並不難，只一看他所讀的書，至少便掂出一點斤兩來了。」隨著時代的變遷，人們不再有這種狹隘意識，董寧文主編的《我的書房》收錄了六十多位文化名流介紹自己書房的文章。書房不再是私密之處，成為書人讀書寫作乃至會客的重要場所。我的書房也曾接待了天南海北許多師友的來訪。我也曾造訪了姜德明、劉宗武、伍立楊等許多名家書房，每次外出拜訪總有收穫。

己丑冬日，編完一期雜誌，終於有了幾天空閒時間，給泰山學院田承良教授打電話，要去參觀他的書房，他爽快地答應了，便約兩位書蟲一道去了泰安，也了卻了我多年的一個心願。

田承良曾在我所棲身小城的一家中學任職，相互之間雖有耳聞，但不相識。二〇〇二年，我主編的《心靈牧歌》一書收錄了他的一篇散文，此後便熟悉了。當時知道他藏書頗豐，說過多次要去看看他的書房，但由於各自忙碌，一直未能如願。後來，他離開小城，到泰山學院任教，見面的機會更少了。丙戌年末，泰山學院中文系成立了當代文學研究所，選擇了部分本地作家的作品作為研究課題，為此，他寫了論文《阿瀅的書香人生》，發表在二〇〇七年第二期《泰山學院學報》。論文發出後，許多朋友打來電話說，田承良真把你的作品研究透了。後來，這篇論文收入了他新出版的《泰安當代文學史論》一書。

到達泰安時，他已在宿舍院門口等候，看到站在寒風裏的他，心裏萌生一種感動。隨他上了四樓，逼仄的客廳就坐滿了，田教授說，他的書已經搬到新家，由於暫時沒有供暖，還沒有過去居住。客廳的顯眼處有一泰山石，田夫人說是她買來的，談起石頭喜形於色。他們夫妻一個愛書，一個愛石，著實有趣。

品過幾杯龍井，田教授便帶我們去他的新家。路上，嫂夫人隔著車窗，老遠就說看到了一個賣石頭的攤子。她興奮的樣子，像我們看到書攤一樣。

新宿舍樓緊鄰泰山，只有十幾米。樓後面的山石被削鑿出很大的一片崖壁，我說，這片崖壁可做石刻了。背靠泰山，前面有湖，雖不懂「左青龍，右白虎，前朱雀，後玄武」之說，但感覺這是住宅的最佳去處。新房子一百四十多平，客廳裏有一大塊泰山墨玉，泰山玉很好，只是底座差些。嫂夫人說，這是她花八百元買來的，而現在泰山玉都按每斤三十元賣了。

書房裏除了窗戶和門四周全部是直接固定在牆壁上的書櫥。在另一間臥室裏，書櫥也占了一面牆，放的都是大部頭資料類書。我指著客廳裏沙發後的一面牆說，這兒也可以做上書櫥，嫂夫人說，如果書房放不下了，就在這兒做上一排書櫥。她一會兒給我們端水，一會兒給我們拍照，被她的熱情所感染，似乎是在自己的書房，沒有一點生疏的感覺。

田承良的書大都是現當代文學作品，分門別類地放著，在泰安作家作品專架上看到了我的幾部書。五六十年代文學作品的初版本都用塑膠袋封著，很多書不止一個版本。還有幾套樣板戲與文革中的系列書以及歷屆獲茅盾文學獎的作品、魯迅文學獎的作品。小說、散文、詩歌、電影、戲劇都是按系列排放。他從書櫥中拿出那些寶貝們，給我們介紹這些書都是從哪兒淘來的，如北京潘家園、報國寺、琉璃廠，南京夫子廟，天津南開文化宮，揚州古籍書店，濟南中山公園，泰山文化廣場，還有一些是從網上淘來的。他指著一套幾十本的《中國新文藝大系》說，這套書配了好多年還差幾本沒有配齊，花去了他許多銀子了。

他拿出一冊《新文學史料》創刊號對我說：「咱倆有緣呀」，我問：「怎麼了？」他說：「你是不是從泰山古舊書店買過一批《新文學史料》？」我說：「是呀。」他說：「那次，你剛走，我就去了。老闆說《新文學史料》都被你買走了。如果你不買就是我的了。」

在一個書櫥下面還藏有許多連環畫，對連環畫我不陌生，因為我是看著連環畫長大的，自己小時候看的連環畫都保留了下來，準備給孩子看，可孩子根本不看這些連環畫，而他們更喜歡大人都讀不懂的卡通書。田承良拿出一冊《東平湖的鳥聲》給我看，這是泰安所屬的東平縣文聯翻印的一冊連環畫，是一部反映東平人民在中國共產黨正確領導下，堅持在東平湖地區進行艱苦卓絕地抗日戰爭的連環畫作品。原全國人大常委會委員長萬里即是在這裏參加革命工作，並在東平湖一帶領導抗日鬥爭。《東平湖的鳥聲》是根據詩人雁翼的長篇敘事詩由劉端繪畫。田承良說，他有原版的《東平湖的鳥聲》，邊說邊找了出來，是一九六三年人民美術出版社的初版本，一九七一年重印。

看到書櫥裏有一冊《晦庵書話》，我說，湖州的朋友剛給我寄來一冊。他打開櫥門又拿出了更早的版本《書話》。我說：「你藏了這麼多寶貝，不寫書話實在太可惜了。」他買書一半是自己興趣，另一半是為了教學用。他說，現在的大學教材中的錯誤很多，編教材的很少看原版書。他說到這兒，我突然想起了龔明德，龔明德教學用的資料很多都是來自自己的藏書。田承良說，近兩年，他輔導的一些學生參加現當代文學研究生考試，都要領到家裏來，看看這些原版書，增加一些感性認識。

由於室內沒有暖氣，廚房菜盆裏的水凍成了冰疙瘩。然而我們卻沒有感到絲毫的寒冷，完全沉浸到田承良一個個的淘書故事中去了。看過他的藏書後，這才發覺他這鄉嬛福地沒有齋名。田承良說，書齋名要好好琢磨琢磨。其實，齋名是次要的，關鍵是書的真實。姜德明先生也沒有齋名，而中國新文學版本的收藏有誰能超過他呢？田承良的書房背靠有幾千年文化積淀的泰山，他不但汲取著書籍的營養，同時還深受著泰山文化的滋潤。有無齋名又有什麼關係呢？

二〇一〇年一月十八日於秋緣齋

【原載二〇一〇年二月五日《中國新聞出版報》（北京）】

川上繂夫

《論語》載：「子在川上曰：逝者如斯夫」。「川上」是指山東省新泰市放城鎮之洙水，洙水下游名勝「小三峽」以西為春秋古道，相傳為孔子「子在川上曰，逝者如斯夫」行跡處。在這個古老的鄉鎮生活著一位孜孜不倦的文史學者——郗篤惠。

郗篤惠是地方名人，之所以有名，不僅僅是因他從事文史研究所取得的成績，更引人矚目的是因了三次婚史，在小城引起轟動。作家蕭乾一生經歷四次婚姻，最後與小他二十幾歲的文潔若結合，被傳為文壇佳話。而郗篤惠在左得要命的時代不合時宜地發生婚變，自然成為人們指責的對象。上世紀六十年代，小城曾發生一個「秘書告狀」的故事。一位中央首長途經縣城，縣委高規格招待，造成了一些負面影響，郗篤惠給中央寫信如實反映情況，中央把信轉到省委，省委轉到地委，當縣委領導在會上傳達地委的批評後，想追查是誰寫的告狀信，作為縣委秘書的他正在列席會議，他當時就說，信是他寫的。一言既出，眾人皆驚。後來，他從縣委機關下放到老家放城鎮工作。從此，這位外表看似柔弱，而卻是錚錚鐵骨，敢愛敢恨，敢作敢為的漢子走上了一條坎坷不平的道路。

放城始建於春秋，歷史悠久，文化積淀深厚。因係孔子弟子林放故里而得名。亦是明代著名的政治家、軍事家，官至太師兵、刑兩部尚書的蕭大亨故里。回到鄉鎮的郗篤惠並沒有消沉，在他看來只要能有個地方讀書寫作足矣。郗篤惠家庭負擔重，生活清苦，但他會苦中作樂，從浩瀚的史料中尋找別人所體會不到的樂趣，從黨史、文史資料徵集工作中找到了一種精神寄託。他足跡踏遍了放城的每一個角落，走訪革命家庭，整理記錄先烈的革命事蹟。探訪考察歷史遺跡，挖掘整理文化史料，勤於著述，先後出版了《歷史不會忘記》、《旌旗獵獵》等書。二〇〇五年，郗篤惠在放城一座高山的懸崖峭壁上，發現了一處元代摩崖石像。據專家考證，這是山東省目前發現的唯一一處大型元代佛教造像群，對研究元代文化歷史具有重要的學術價值。中央及地方電視臺到放城採訪，總要郗篤惠作為地方學者介紹這一名勝。

郗篤惠的字體別具一格，字體上方左飄，自成一體。我的另一位朋友雲南的馬曠源教授的字與郗篤惠正好相反，上方右飄，如果把他們二人的書信放在一起欣賞，更是別有一番風味。郗篤惠外柔內剛，馬曠源內外皆剛，兩人都是特立獨行之人。

郗篤惠的謙恭也是有名的，每次相見，他都畢恭畢敬地以師相稱，作為晚輩，每每被他叫的不自在，多次糾正，卻依然如故。狂妄自大者有兩種人，一是身懷絕技，有真本事，另一種則是為了掩飾自己的淺薄。而謙恭者則多是有學識、有水平、有修養之人。

己丑新年剛過三日，傳來郗篤惠病逝的噩耗，不禁愕然，本想節後向他約稿，沒想到他卻走了，走的那麼匆忙，連個招呼也沒打。此前，他每次進城買藥都到我辦公室小坐，有時送來新作，有時過來閒聊。問及他的身體，只說稍有腿疾，並無大礙。最後一次見他時，他還說把自己的文史文章整理了一部書稿，準備出版。不成想那次相見，竟成訣別。

郗篤惠一生婚姻坎坷，仕途多舛，但他過得很快樂，因為他實現了自己的願望，按自己的想法活出了一個真實的自己。

「逝者如斯夫」！時光像流水，不知不覺間就會消失的無影無蹤，郗篤惠的七十八道年輪在歷史長河中也只是短暫的一瞬，但他的文史之作卻會延長他生命的長度。

二〇〇九年一月三十日於秋緣齋

【原載二〇一〇年第一期《新泰文史》（山東）】

布衣書人

在我棲居的小城有幾位堪稱同道的愛書人，時常一起品茗聊書，每每相聚總有收穫。長者玉民兄便是其中一位。

玉民兄號布衣書人，從事教育工作，離崗後，淘書興趣有增無減，常常呼朋引伴同去獵書。有一次，一舊書店從一家單位圖書室收到一批處理舊書，他得知消息後，分別通報幾個書友。我趕到時，他已經挑出了三編織袋，有幾百冊。我說，這麼大的收穫，你又要興奮好幾天了。他風趣地說，你嫂子又要罵幾天了。他家裏有八個書櫥，占了客廳的兩面牆，電視櫥裏，床頭櫥裏，臥室的窗臺上，陽臺上……都塞滿了書。家人頗為不滿，但他依然我行我素，還是不斷肩扛手提地往家裏倒騰。

他當了大半輩子孩子王，除了愛書別無嗜好，真可謂「兩耳不聞窗外事，一心唯讀聖賢書」。世間俗事很少過問，就連酒桌上的套路也茫然無知。他的一位同事曾講過一個笑話，在上世紀七十年代，自行車還是稀有之物。一天，玉民兄像是發現了新大陸一樣，對同事說，我發現自行車的鏈子不管前輪。玉民兄為人處世非常謙恭，一副小心翼翼的樣子，我不止一次的勸他放開點，不要那麼拘謹。但他仍是老樣子。我外出訪友，邀他同行。車子風馳電掣地在高速路上行駛，我倆也天南海北地神聊。他突然尿急，遂讓司機停車，請他下車方便。他卻連連擺手：「不行，不行，在這裏我尿不出來。」司機只好繼續行駛，好不容易進了一個服務區，找到衛生間後，他老兄才板板正正地打開方便之門。

玉民兄年齡雖長，但沒有世故，從不掩飾自己的觀點，甚是率真。有什麼想法無論對錯，都直接說出來，我有時笑稱他是王真人。和他的一次外出，更切身體會到了他直率。己丑暮春我去寧波參加一個會議，邀玉民兄同行遊覽訪友。得知我去寧波的消息，在浙江省某廳任副廳長的朋友邀我順便到杭州一遊，我一直沒去過杭州，欣然同意。由於火車晚點，到達杭州車站時，朋友已經等候一個多小時。上了朋友的車子，玉民兄便說：「杭州人的穿著這麼土氣。」朋友不瞭解他，但我心裏清楚，他認為有人間天堂之稱的杭州，人們的衣飾應該如何的時尚，豈知現在不是以前相對閉塞的社會，是科技資訊發達的時代，大小城市人們的著裝相差無幾。一會兒，他又說：「杭州的綠化還不如我們新泰。」又是驚人之語。我解釋道：「新泰在城市綠化上捨得投資，是全國園林城市。城市綠化已經超過了南方的一些城市，但和杭州還是沒法相比的。」

玉民兄還有一些怪癖，到達寧波的第一天，吃過晚飯後，我去找朋友聊天。他說：「你要早點回來，我一人睡不著。」由於師友們都常年不見，一見面格外親熱，十點鐘，突然想起玉民兄的囑咐，忙與朋友們告辭。回到房間，見他已睡下。便泡了一杯茶，打開臺燈準備寫日記。他突然發話：「你開著燈我睡不著。」心想，他年齡大了，我們一塊出來，不能按我自己的習慣做事了，便關上燈，自己坐在黑夜裏喝了一會兒茶，上床了。睡到半夜，他突然起來打開了空調。寧波是海濱城市，白天熱，晚上涼。我說：「老兄你怎麼回事？白天熱的時候，你怕涼不讓開空調，怎麼夜裏卻打開了空調？」他說：「蓋被子有點熱，打開空調蓋被子。」一句話讓我哭笑不得。

玉民兄的書櫥外形壯觀，但放書少，中間隔板長，時間久了，就被書壓彎了。而且書櫥較寬，放一排書還餘很大的空間，放兩排書又找書困難，很不方便。這種書櫥一般是放在辦公室裏寬大的寫字臺後面，裝滿嶄新的大部頭精裝本，給領導裝點門面的，真正用來藏書一點也不實用。

單位分了新房後，他想更換書櫥。我建議他換成書架，我用的是直達房頂的書架，而且超薄，既節約空間，放書還多。但玉民兄一心想用書櫥，他想給他的那些寶貝們置一個更舒適的家，以便更長久地保護藏書。他跑遍了整個城裏大大小小的傢俱商場，最後終於找到了一種既能多放書不至於壓彎隔板，且十分美觀的書櫥，訂了六組。還專門讓我去參謀一下。我問他，嫂夫人知道嗎？他說，不知道，我先斬後奏，等書櫥送到家，她也沒辦法了。

愛書人搬家最頭疼的是搬書，一隻箱子數十斤，往返不知多少趟。流沙河先生喬遷新居時，別人幫忙搬書，他不讓，他恐怕別人不小心損傷了藏書，七十多歲的老人，全部是自己一點一點地背過去的。玉民兄也是如此，幾十本打一包，一包包自己用自行車帶過去，新書櫥送到家後，他急於讓書遷入新居，就找了一輛三輪計程車運了幾袋子書，下車時，刮傷了一本書的封面，心疼不已。出租司機不屑地說：「這些破爛你不賣了，還搬過來幹嘛。」顯然，他無法理解愛書人對書的感情。

玉民兄打電話讓我去看他的新書櫥。進了房間，見有四組書櫥，滿地是書，他正在整理。我問，怎麼只有四組？他說，書櫥送來後，家人都反對。孩子也說，房子是貸款買的，你不能只顧你自己呀。他只好做了妥協，退了兩組。他說，我換書櫥只有你最理解我了。我說，不能這樣說，嫂子不理解你，這書櫥能抬到樓上來嗎？嫂夫人在一旁道：「就是，你的書還是我背上來的呢。」他笑了笑繼續整理他的藏書，看得出，儘管有些遺憾，但他還是心滿意足了。

二〇〇八年十一月十一日夜於秋緣齋

二〇一〇年一月三日二稿

【原載二〇〇八年十二月六日《四川政協報》（四川）】

憶老單

與老單是在一個文學創作班上認識的，老單四十多歲，頭稍微有些擰，似乎有一種不服輸的強勁。穿著打扮有些土氣，看上去卻像五十開外的人了。

老單少言寡語，不苟言笑，每天晚餐我們都講笑話，行酒令，喝得天翻地覆，然而他始終是默默地坐在那兒看大夥喝酒說笑，似乎他是局外人。

我們每人住一個房間，封閉式創作，休息時，我到他房間裏聊天，他拿出一本《女子文學》雜誌，上面發表了他的短篇小說，題目叫《艾香》。他說：「寫了大半輩子，好不容易發表一篇還是在老娘們刊物上。」他蔫蔫的語氣中似乎還有一絲炫耀。創作班上他最勤奮，整夜不睡覺地寫。他拿出剛寫的中篇小說讓我看，看了幾頁實在讀不下去。在創作班裏我剛剛出道，也是年齡最小的，礙於面子，我也不好說什麼。他像張煒長篇小說《遠河遠山》中的歪歪、疙娃、閒人那樣日夜不停地寫著，還時時被自己創造的人物感動著。他就是推石上山的西西弗斯，他堅信總有一天自己會戴上作家這一耀眼的光環。

後來聽說他搞文學把自己搞成了孤家寡人，他在一家軍工企業工作，下班後什麼也不管，整天點燈熬油地做作家夢，家裏一窮二白，妻子實在忍無可忍，和他談判：要文學，還是要老婆孩子？他固執地選擇了文學。老婆帶著兩個女兒走了，他仍不覺悟，似乎更加癡迷。選擇寫作也是一種生活方式，不論結果如何，過程充滿了希望快樂，也伴有沮喪、痛苦。

創作班結束後，我們各自回到了原單位，再也沒有聯繫。當我幾乎忘記他時，他卻突然來到我家裏，我問他有何收穫，他拿出了發表在一家文學雜誌的文學創作函授教材「學員園地」上的一篇小說複印件給我。之後，又吞吞吐吐地說有件事請我幫忙，問他什麼事？他囁嚅半天才說，他單位一位女士離婚後在北京一家大學進修。他以我的名義給那位女士寫了封信，說老單怎麼怎麼暗戀她而不好意思給她寫信，問她對老單的印象如何？是否能結為秦晉之好？

老單把信交給我，讓我抄寫一遍。我有些為難，我與那位女士素未平生，這樣做未免唐突。可老單在一旁眼巴巴地看著我，就想，反正這不是壞事，如果他們因此結為夫妻，我豈不做了一件大好事嗎？心想，老單也終於有些開竅了。我把信抄好，用我的信封寫好地址，老單高高興興地帶走了。

時隔不久，那位女士回了信，對老單的為人處事頗有微詞，怕老單傷心，沒讓他看回信，只說沒有回音。

之後，再沒有他的任何消息，文學刊物上也沒有出現過他的名字，他從我的記憶裏漸漸地消失了。

一九九七年秋天，我與一位朋友路過老單所在企業，突然想起他來，十來年沒見他，想去看看他現在怎樣了。問了幾個人都說不認識，難道他調走了嗎？一位老工人聽說我們找老單，淡淡地說：「他死好幾年了。」

「怎麼？他死了？」我有點不敢相信自己的耳朵，「他是怎麼死的？」

老工人說：「他整天在家裏寫，也不知道寫些啥，老婆離了婚，他自己也瘋了，廠裏把他送到精神病院，後來自殺了。」

寫作者把自己所思、所想、所悟寫出來，有一種痛快淋漓的感覺，這是為心所寫者，不在乎寫出的文字將會如何。亦有為名所寫者，根本不考慮自身素質，拋棄一切，孤注一擲地去創作，極易走入魔道，當初一些人違心的吹捧和鼓勵，把老單推向了絕路。

老單把自己寫死了。這狗日的文學！

二〇〇六年六月十一日晚於高孟骨傷醫院八號病房病榻之上

【原載二〇〇八年十一月十八日《城市快報》（天津）】

送君遠行

一天之內竟有兩個不幸的消息傳來。

一大早，妻妹從東北打來電話說，岳父於昨天病逝。時近中午，我正在一家單位採訪，接到朋友電話說，宗良煜昨天中午在河南出差途中，突發心臟病去世。八月十八日，這麼一個吉祥的數字，竟成了一個黑色的日子。一位是親人，一位是朋友，都讓我心痛。真是一種巧合，他倆一個屬相——屬雞。岳父已病危多時，每天都在忍受著病痛的煎熬，他的離世，對老人家來說是一種解脫，七十三歲也是聖人離世的年齡。可良煜兄年輕呀，才四十九歲，壯得像小夥子，怎麼說走就走了呢？

宗良煜一九五七年三月生於泰安市泰山區邱家店鎮，先後在廣州遠洋運輸公司、福建集美航海學校、青島遠洋運輸公司學習和工作。後任泰安市文化局副局長、泰安市作協主席。先後出版長篇小說七部，中短篇小說八部，散文數十篇，共計二百餘萬字。其中，長篇小說《與魔鬼同航》獲山東省首屆泰山文學獎；長篇小說《藍色的行走》《天惑》《泰山——一個民族的精神家園》等作品連續獲山東省第三、四、五、六、七屆精品工程獎。良煜兄是泰安文學界的一面旗幟，他的去世是泰安文學界的一大損失。

我與良煜兄接觸較晚，一九九九年七月，我在朋友處看到了他的長篇小說《赤道》，這本書的封面設計和書中具有異域風情的插圖一樣，別具一格。書的封面設計成了一個郵件，上面貼有模擬的郵票，並蓋有郵戳和「水陸郵件」戳，不仔細看，就是一個寄自異國的郵件，讓人耳目一新。如今書出得多，可能夠讓人一口氣讀完的並不多，能夠讓人讀第二遍的書更是屈指可數。我用了一個通宵讀完了這部書，而後又用了一個星期的時間細嚼慢嚥地讀了第二遍。當我走進這位水手的情感世界時，我發現這是一部風格獨特、值得放下手中所有事情一睹為快的好書。讀完後，我寫了一篇題為《情通四海》的文章，後來，我把發表這篇文章的報紙寄給了良煜兄，馬上收到了他寄來《赤道》的簽名本，從此，與良煜兄的交往多了起來。

與朋友吃飯，只要良煜兄在場，氣氛一定非常活躍。他性格豪爽，身材魁梧，並且善飲，典型的山東大漢，海員出身的他喝得再多，也沒見他醉過。豪放之人往往不會拐彎抹角，對他看不慣的人或事，他會毫不客氣地說出來，不留一點情面。朋友們有事找他幫忙，他總是很爽快地答應。前幾年，我編一本雜誌，其中有一個文學欄目，心想，在泰安辦雜誌怎麼能沒有作協主席的稿子呢，便向他約稿，他馬上從電子信箱發過來一篇散文《跟老梅去跳舞》。

良煜兄好友，官員、作家、藝人、下崗職工，三教九流無所不交。閒暇時，他甚至會帶一瓶好酒去找傳達室的老人侃上半天。

良煜兄走了，匆忙得一句告別的話也沒留下。他走得突然，走得從容，走得瀟灑。

在朋友們為他英年早逝而痛哭流涕時，也許良煜兄已經在另一個世界裏與他的朋友們開懷暢飲呢。

以良煜兄的性格，相信他到哪兒都不會寂寞的。

二〇〇六年八月十九日夜於秋緣齋

【原載二〇〇八年第二卷《泰山書院》（山東）】

異友

有人打來電話說，有些舊書要處理。我和同事石靈趕了過去，見了面才知道，是一位經常在舊書攤相遇的書友，只是面熟而不知姓名。

他領我們到樓下的儲藏室，幾個舊紙箱裏裝著書，有一百餘冊，很多書都用廢舊的畫報紙包著書衣，沒想到他與孫犁老先生有同樣的嗜好，愛用廢紙把書包得花花綠綠的。由此也可以看出他是愛書的，但不知為什麼要賣書。我粗粗翻看了一下，就決定全部買下來，儘管價格比平時在書攤上要高一些，有些書也無收藏價值，但如果我們不買，就可能流散，或許進入紙廠作為再生紙的原料。回來的路上我對石靈說，我們是在做搶救工作。

回家整理了一下，發現有中國社科版的張中行的散文集《散簡集存》，人民文學版的姜德明的散文集《相思一片》，山東畫報版的《胡適影集》，還有黃裳的三本書，江蘇人民版《金陵五記》，開明版《舊戲新談》和花城版《花步集》。儘管其他書都是大路貨，有這幾本書收穫還是很大的。

過了幾天，這位書友來我的書房看書，便有了一次長談。他熟知版本知識，對一些外國名著的翻譯水平也有獨到的見解。他說別人都覺得他怪，因工作關係每天都有人請客，但他從來不去，把時間都用在讀書上了。他對賣給我的每一本書都說得出購於何時何地。不只別人覺得他怪，我也覺得他怪怪的。我問他：「你的工資不低，又不缺錢，而且又這麼愛書，為什麼把自己辛辛苦苦買來的書賣掉呢？」他卻說：「你認為我不該賣書，我還認為你們買的不值呢。」真不明白他是什麼心態。就在他處理書的同時他還在買書。我在舊書攤上看到一本薊伽丘的《十日談》，上海譯文版，品相很好，我已有藏，剛放下，他馬上買了下來。

後來陸續從他那兒買了孫犁的《書林秋草》、周汝昌著《曹雪芹畫傳》、鍾叔河編《知堂序跋》、《周作人散文精編》、《錢鍾書散文》等書。還買了《中國新文學大系》中的九本，這套書是胡適、魯迅、茅盾等人編選的中國新文學運動第一個十年理論和作品的選集，趙家璧主編，上海良友圖書公司於一九三五年至一九三六年間出版，共十集，由蔡元培作總序，編選人作導言。上海文藝出版社一九八〇年十月據原書影印了一萬多套。缺第二集，鄭振鐸選編的《文學論爭集》。他有《莎士比亞全集》零本，石靈也有零本想買回去配套，一開始，他捨不得賣，後來再三勸說下，才勉強同意。

他是那麼喜歡書，不停地買書，書看過之後，又要賣掉。我說，清代的陸源乘船外出，隨身帶了好多書，在船上邊走邊讀，讀完一本就隨手丟到河裏，到達目的地，他的書也丟沒了。船家不解，他說，書已讀完，記在心裏，還留書幹嗎？你是不是也學陸源，書看完也不再保存了？他笑笑沒作回答。

時隔半月，他來到我的辦公室，向石靈要回那幾本《莎士比亞全集》，他說，賣了那幾本書後，就日思夜想，想再買回去，多少錢都行。石靈也正好湊齊了一套，怎麼能再拆散呢？石靈說家裏有四本精裝的《莎士比亞全集》送給他。他卻只要自己賣的那幾本。我說：「你既然已經賣了就不要再要了。古人有「借書一癡，還書一癡」之說，我們買書也是一癡，你再來索書更是一癡了。」我們答應再給他湊一套《莎士比亞全集》送給他，他才怏怏不快地去了。

他妻子在外地工作，他不交友，不參加任何聚會，讀書是他唯一嗜好。一次，他帶給我一本駱賓基的《初春集》。他說《初春集》裏有幾篇寫蕭紅的文章，都提到和蕭紅同居後又拋棄了蕭紅的T君，有時還稱之為「手持小竹棍的人」，但不知這人是誰，他讓我查閱資料後，寫一篇書話。他對書話感興趣，卻是述而不作。

後來，他常找我借書。愛書人藏書一般不外借，據說有人在書架上貼上「書與老婆概不外借」的字條。他借書，不好拒絕，況且每次來時也帶幾本書，說是送給我的。可他借去的書卻不歸還，向他要，他說：「我們不是交換的嗎？我也給你帶書去了。」我說：「即使你想換書也要說明，經過我的同意，我不可能把我喜歡的書和你交換。」而且他從我處拿去的書好多是從他家買來的，想想覺得有點可笑。

他再次到我家時說：「以後我從你這兒拿書，經過你的同意再交換。」我鄭重地告訴他：「我的書不外借。你是讀書人，可以借給你，但讀後必須還我。我不像你，書就像自己的孩子，是不可以隨意與人交換、讓人帶走的。」結果他又借走了四本書，其中的三本是我從他家買來的。我對他說：「你賣了又要來借，來回倒騰著玩呀。」拿走之後，再也沒見他拿回來。

他看我從網上買了不少書，就讓我從網上為他訂了一套上海書店版的《黃裳文集》，收到書後，見書相十品，他很高興。過了幾天，他又來找我，帶著《黃裳文集》其中的一本和另一本精裝書。他說《黃裳文集》中有瑕疵，我翻看一下，見其中的一頁有裝訂時留下的一道皺褶，並不影響閱讀。他知道我有一套《黃裳文集》，想與我交換，並用那本精裝書作為補償。我問他：「書裏有皺褶是很正常的事，本來沒什麼。你看著心裏不舒服，你把不舒服轉嫁給我，難道我心裏就舒服嗎？」真是讓人哭笑不得。

他住城東，我住城西，一天晚上，快十一點鐘，他來敲門，我問他有什麼事？他拿出一本書說：「曹聚仁的《萬里行記》我還沒看，給你這本曹聚仁的《北行小語》換一下。」下午，從那兒買了些書，其中有本曹聚仁的《北行小語》，我想要，他不給，現在又跑來交換。我問他：「你明天再換不行嗎？幹嗎這麼晚了還要來換書？」他說：「我今天想看。」他到我的書房看書，我還是忍不住，再次問他：「你這麼愛書，為什麼又要不斷地轉讓書呢？既然轉讓出去了，又覺得心疼，你何苦呢？」他自己也說不出個所以然來。走時，又借了一本《契訶夫戲劇選》，看見書架上有本《梁實秋散文》第二集有複本，又說：「這本重複了，你留著還是給我？」我說：「送給你吧！」他滿意地帶上書走了。

二〇〇八年一月五日於《泰山週刊》編輯部

【原載二〇〇八年十月三十一日《城市快報》（天津）】

小記《送豬記》

《送豬記》在上世紀六十年代是一出家喻戶曉的現代小戲曲，它曾三進中南海參加匯演，並被幾百個文藝團體移植為地方戲種在全國各地演出。

獨幕戲曲《送豬記》是作者李萬榮在一九六四年七月，取材於革命老區農民賣豬、丟錢、豬跑回來又送回去的真人真事創作而成的。該劇描寫了農民方老漢給隊裏賣豬丟了豬錢，把攢給女兒結婚的錢拿給隊裏。方妻怕女兒結婚無錢，十分著急，不料賣了的豬又跑了回來。方妻和方老漢商量想把豬賣了，頂上丟失的款。方老漢對她進行了批評，使她認識了錯誤。這時，小紅送來了揀到的豬錢，方妻更受感動，高興地把豬送了回去。

劇本寫出後，由山東省新泰縣梆子劇團排演並參加了泰安地區革命現代戲匯演。受到了觀眾的好評。爾後轉由萊蕪梆子劇團排演，由著名導演張良弼指導，魏育生、王玉紅、馬莉分別飾演方老漢、方妻和小紅。

一九六四年十二月十七日，萊蕪梆子《送豬記》在山東省地方戲曲革命現代戲觀摩演出大會上，演出獲得成功，劇場觀眾暴滿，笑聲、掌聲不斷。它以濃厚的鄉土氣息，粗獷明快的地方特色，讓觀眾歎為觀止。《大眾日報》在頭版醒目位置盛讚「《送豬記》等戲短小精悍，深受觀眾喜愛」，認為「《送豬記》不但主題思想具有很強的現實教育意義，而且表演富有濃郁的生活氣息和鄉土色彩，使革命的思想內容和傳統的藝術形式較好地結合起來，叫人看了既受到教育，又獲得了美的藝術享受」。

一九六五年二月，萊蕪梆子《送豬記》赴上海參加華東六省現代戲曲彙報演出。國務院副總理譚震林及華東局有關領導觀看了演出。後在上海公演十三場，得到廣大觀眾和文藝界好評。《解放日報》、《文匯報》都給予了很高評價。

一九六五年十一月，萊蕪梆子《送豬記》晉京匯演。在京期間曾三次進國務院演出，作者和演員受到了周恩來總理、朱德委員長以及彭真、賀龍、葉劍英和楊尚昆等黨和國家領導人的親切接見。

作者李萬榮是山東省新泰市人，一九四一年出生。創作出版了大量的戲曲和文學作品，較有影響的有大型戲曲《金大碗‧小榆錢兒》，獨幕戲曲《花局長送槽》《橋下花》，短篇小說《黃家穀堆妞妞歌》、《大殯》，散文《尋根》、《春天的緬懷》等。與人合作劇目有小戲《公雞告狀》、《扔荷花》，電視連續劇《十三霧》等，均發表、出版或獲獎。

《送豬記》劇本，曾先後由多家報刊和出版社發表出版。

一九六五年六月，山東人民出版社出版了呂劇《送豬記》的單行本。扉頁後有泰安專區萊蕪梆子劇團演出的劇照，內文為繁體字，劇本後附有導演提示。書為六十四開本，一印張，插頁一頁，印刷兩萬冊，定價零點一三元。

一九六五年四月，上海文化出版社出版的華東戲劇叢刊《小戲曲選》中，也收錄了萊蕪梆子《送豬記》劇本，劇本改名為《一頭豬》。書中收錄了三個小戲：呂劇《三連環》、萊蕪梆子《一頭豬》和呂劇《兩壟地》。書中附有三個劇目演出的三副劇照，內文為繁體字，扉頁上蓋有「上海文化出版社贈」的篆字印章。書為三十二開本，二點五印張，印數一萬四千冊，定價零點二四元。

獨幕戲曲《送豬記》作為萊蕪梆子的代表劇目已先後被載入《中國大百科全書》（戲劇曲藝卷）、《齊魯文化大辭典》、《山東省文化藝術志》等多種文史專著。

二〇〇二年五月五日於泰山文化傳播中心

【原載二〇〇九年第一期《新泰文史》（山東）】

心中，那朵搖曳的荷花喲

到岳家莊採訪時，張偉貞書記說，等荷花盛開時，你們一定要來看荷花。

岳家莊有萬畝荷塘，荷花盛開的景象一定非常壯觀，心中便期盼著岳家莊的荷花早日開放。我看過朋友拍攝的一組荷花系列圖片，從小荷才露尖尖角、蓓蕾初綻、含苞欲放到荷花盛開，用光的巧妙，構圖的獨特，更顯示了荷花高貴的品質，讓人過目不忘。

自北宋周敦頤寫了「出淤泥而不染，濯清漣而不妖」的名句後，荷花便成為「君子之花」。據史書記載：遠在兩千五百多年前，吳王夫差曾在太湖之濱為寵妃西施欣賞荷花，修築了「玩花池」，移種野生紅蓮，可說是人工砌池栽荷的最早實錄。每逢仲夏，採蓮女泛一葉輕舟，穿梭於荷叢，那種「亂入池中看不見，聞歌始覺有人來」的情景多麼美妙。

季羨林在《清塘荷韻》中寫道：「每當夏月塘荷盛開時，我每天至少有幾次徘徊在塘邊，坐在石頭上，靜靜地吸吮荷花和荷葉的清香。」提起荷花就會想起朱自清《荷塘月色》裏的那種寧靜和意蘊，曾幻想著在荷塘邊搭一茅屋，或秉燭夜讀，或漫步荷塘邊傾聽蛙鳴，那是怎樣的一種享受呀，這茫茫世間，到處充斥著喧囂的市聲，到哪兒去尋找這麼寧靜的所在呢？

偶有小疾，臥床月餘，榻上亦不時遙念岳家莊的荷花，便在書中尋覓荷的蹤跡。荷花原產亞洲熱帶地區和大洋洲，除中國外，日本、蘇聯、印度等國均有分佈。古植物學家曾於四十年前在柴達木盆地發現荷葉化石，該化石距今至少有一千萬年。在浙江余姚縣距今七千年前的「河姆渡文化」遺址出土的文物中，發現有荷花的花粉化石；在河南鄭州市距今五千系年前的「仰紹文化」遺址中發現兩粒炭化蓮子。中國是世界上栽培蓮花最多的國家，並由此誕生了以荷為創作主題的攝影家和畫家，畫家黃永玉曾為聯合國創作的一幅仙鶴與荷花圖案的作品，旨在呼喚世界和平。也有專畫殘荷的畫家，他們似乎更欣賞殘荷的頹廢之美。

當我們再次踏上岳家莊的土地時，花期已過。張偉貞不無惋惜地說，你們早來幾天就好了，現在荷花很少了。她帶著我們參觀池藕生產基地，荷花豈止是少了，是根本沒有了。眼前的綠色望不到邊，荷葉隨風舞動著，仍不失壯觀景象。

岳家莊是一個較為貧困的山區鄉鎮，土薄地少，縱橫的山嶺亦無植被，這兒的人們祖祖輩輩靠天吃飯，依靠貧瘠的山嶺地產出有限的糧食維繫生命。單靠糧食生產永遠擺脫不了貧困，岳家莊人外出考察引進了適合山區發展的池藕種植項目，先在兩個村搞試點種植，逐步推廣全鄉。池藕種植效益高是傳統種植的數倍，短短幾年，全鄉的池藕種植面積發展到一萬餘畝。

車沿著一條蜿蜒的山路開到山頂時，被眼前的一幕驚呆了，山頂上竟也建了藕池，原以為「池藕上山」是誇張的說法，怎麼也想像不到山上可以種藕，滿山遍野的荷葉給人一種心靈的震撼，同行的朋友隨手摘了一個蓮蓬遞給我，掰出一粒蓮籽放在嘴裏，頓覺滿口甘甜。山風吹來，滿山的荷葉此起彼伏，一時間，彷彿置身於綠色的海洋，愜意極了。

張偉貞給我們描繪著各種時期荷花的特點，出口成章，神采飛揚，心下竊想，如果她不從政的話或許會成為一位出色的作家。不知是誰說了一句：「看，荷花！」隨手望去，在荷塘深處果然有一朵荷花——唯一的一朵荷花。隨著荷葉的起浮時隱時現，她沒有牡丹那種俗豔，在荷塘的一角靜靜地開放著，散發著特有的一種芬芳，那麼聖潔，那麼玉清，那麼高貴，猛然間我心裏生出一種感動，敬意油然而生。

時隔多日，那朵荷花仍在心中搖曳……

二〇〇七年一月十四日於秋緣齋窗下

【原載二〇〇七年二月八日《泰山週刊》（山東）】

到東北，看場真正的二人轉

到東北，看場真正的二人轉。這是在讀了王國華兄的《萬人圍著二人轉》一書中的首篇《二人轉，一頓大酒》後突然間閃現出的一個念頭。

經過趙本山的「忽悠」，東北那疙瘩的地方小戲二人轉風靡全國，幾乎到了無人不知的程度。劉老根大舞臺陸續在遼寧、吉林、天津、北京等地相繼建立，據媒體報導，二〇〇九年劉老根大舞臺在北京開辦了首家劇場，三百個座位總是座無虛席，票房持續火爆，一百八十元的最低票價甚至被票販子炒到一千五百元。除了上述少數城市的居民可以親身體驗到二人轉的魅力之外，大部分人都是從電視劇、文藝晚會中看過二人轉的片段，人們耳熟能詳的大概就數《小拜年》了：「正月裏來是新年，大年初一頭一天……」人人都能哼上兩口。讀了國華兄的《萬人圍著二人轉》一書，才知道這只是二人轉的小帽兒。「所謂小帽兒，就是小曲小調，又叫『頭型兒』。把它安排在正戲前面，是為了讓演員們遛遛嗓子，同時壓一壓台下的嘈雜，相當於大餐前的開胃酒。」馮夢龍與淩濛初的「三言兩拍」中的每一篇小說前面都有一個小故事，由故事引入正題，二人轉的小帽兒就相當於這個故事小引。

平時只把一手拿手帕一手持扇的演員演出的小帽兒就當作二人轉了，國華兄介紹二人轉演出，在小劇場「一般是五副架兒。第一副是一對兒嫩手，基本靠唱來取勝，應該是唱一台正戲，也讓人們重溫一下原始的二人轉唱腔，叫做暖場；第二副架和第三副架唱個小帽兒就行，接下來要亮自己的絕活。提起絕活，那就多了，有興趣的觀眾去看吧，自己領略一下，才能為其絕活所傾倒。第四副架和第五副架一般都有自己的拿手戲，或者是說口，或者是小品，或者是唱歌，基本上不唱戲了。」

現在許多地方劇種已經後繼乏人，主要是這些戲曲的表演形式百年不變，曲高和寡，除了少數擁躉者，已很少人有耐心坐在劇院裏聽那些半天一句的唱詞。二人轉是適合在田間地頭演出的一種說唱形式，演唱靈活，演員不拘泥於演出套路，可隨時更改唱腔或內容，因而許多劇目在不同的地方就有不同的版本。二人轉根據人們的需要隨時改進，增加一些時尚的內容，這也是東北二人轉劇場火爆的原因之一。其他劇種的演出，演員要一板一眼嚴格遵循套路，一句唱詞也不能出現差錯。觀眾與演員之間存在很大的距離。而二人轉演出，演員注意與觀眾的互動，更加調動了觀眾的情緒。國華說，他與一位朋友到劇場裏看演出時，坐在第一排。中途朋友起來如廁。正唱得起勁的演員戛然而止，嬉皮笑臉地問：「兄弟，上廁所啊？祝你排便愉快！」演員一下子就融入了觀眾中間，達到了意想不到的演出效果。

國華兄喜歡聽戲，但不單純地喜歡某一劇種，一次，我給他推薦山東呂劇，他馬上從網上下載了幾出戲，聽得有滋有味。因地處東北，對二人轉更是情有獨鍾，並且結識了許多二人轉演員，還常應約為走紅的二人轉演員寫小帽兒。在一次會議上，我與國華兄住一個房間，來了興致，他就給我唱一段原汁原味的二人轉。

國華兄在一家省級晚報負責副刊編輯，是知名作家，在多家報紙開設專欄，談起國華，朋友們都驚歎他多產，幾乎每天都有新作上傳到部落格，他不像一些專業寫手那樣為賺取稿費隨意寫些不痛不癢的東西，他的作品即使再短的文章也都有自己的思想。

這部關於二人轉的隨筆集《萬人圍著二人轉》記錄他他觀看二人轉的感受，由把二人轉推向全國的「始作俑者」趙本山題寫書名，可謂珠聯璧合。《萬人圍著二人轉》的出版不但可以使讀者更加瞭解二人轉，對於火爆的二人轉還會起到「推波助瀾」的作用。相信讀者讀了之後一定會與我有同樣的感受：到東北，看場真正的二人轉。

二〇〇九年十月二十四日晨於秋緣齋

【原載二〇〇九年十一月十九日《楚天都市報》（湖北）】

閱讀的愉悦

己丑盛夏，酷暑難當，只好閉門讀書、碼字、打理部落格。忽聞萬卷出版公司出版了一套八卷本《中國通史》，並要贈我一套。這消息就像送來一陣清涼之風，讓人愜意，讓人振奮。對於一個書蟲來說，沒有比得到一套好書更令人興奮的事了。

一般來說，一套幾卷甚至幾十卷的大部頭書籍，除了做學術研究需要外，很少人能仔細通讀，即使想讀，也只是發狠而已，想過之後又被束之高閣，幾年甚至幾十年都不會再動。而放在床頭的一本小書，往往幾個晚上時間就能讀完。這套《中國通史》能讓我產生通讀的興趣嗎？

不幾天，快遞公司就把這個沉甸甸的禮物送到了我的書齋。《中國通史》，李伯欽、李肇翔主編，二〇〇九年二月萬卷出版公司出版。正文前有季羨林先生於戊子夏為《中國通史》題辭：「普及中國史，提倡大國學」，而這部書也已成為季羨林先生生前題辭的最後一部書。

《中國通史》一套八卷，卷一為史前・西周卷；卷二為春秋・戰國卷；卷三為秦・漢卷；卷四為三國・西晉・南北朝卷；卷五為隋唐卷；卷六為宋・遼・西夏・金・元卷；卷七為明卷；卷八為清卷。是一套全彩印刷的普及圖文版書籍，每個頁面都配有精美的插圖，有出土文物、岩畫、壁畫、人物畫像、古籍書影……具有圖說的美感，給人以美的視覺享受。翻看一下竟然入迷，不知不覺中第一卷讀了大半。能讓人讀下去的書就是成功的著作。進入新世紀以來，中國已經進入了讀圖時代，隨著科技的發展，時代的進步，人們生活節奏的加快，人們需要圖片來刺激眼球，讀圖已成為一種時尚。而這套書正是通過豐富、精美的圖片，向讀者展示了動人心魄而又賞心悅目的直觀歷史。歷史不是抽象的文字敘說，應該是充滿美感的、直觀的歷史。該書獨具特色的圖史體系，豐富的人物圖、文物圖、軍事圖和圖片說明組成了一部前所未有的圖說中國史，生動地表現了歷史，讓讀者賞心悅目。

以往的史籍大都是一本正經的高頭講章式著作，往往是偏重於記述朝代政權的更迭以及史實和文物的編年堆砌，由於內容繁多，人物龐雜，毫無趣味性，往往讓人望而卻步。我在讀中學時，歷史課本大都是帶著政治觀點去詮釋歷史事件，講一些農民起義的政治意義等，毫無興趣可言。而我的歷史老師在講授歷史時，卻拋開課本，去講歷史故事，聽他的課就像聽劉蘭芳的評書一樣過癮，他將歷史故事娓娓道來，讓同學們知道原來歷史這麼有趣，因而同學們也都盼著上歷史課。在聽老師講故事的過程中，不知不覺地記住了許多歷史事件。央視《百家講壇》的易中天、于丹的成功也是一個很好的例子，但他們在講授歷史的過程中摻雜了戲說的成分，只能當故事聽了。而這部普及圖文版《中國通史》更像小說一樣耐讀，由一個個的歷史故事把歷史事件貫穿起來，既可以讀到有很高文學水平的一個個鮮活的故事，又可以當歷史科學的教科書，再有那些插圖的吸引，讓讀者不由自主地沉浸其中，讓閱讀成為一種享受，從而酷暑冰釋。

感謝萬卷出版公司為我們提供了難得的精神盛宴。

二〇〇九年七月十三日於秋緣齋

【原載二〇〇九年七月二十八日《汕頭日報》（廣東）】

暮年上娛

每次收到師友贈書，都會馬上打開郵包，展卷賞讀，總要興奮幾天。當看到董寧文寄來的《谷林書簡》時，心情一下子沉重起來。谷林先生離開我們快一年了，每當看到谷林先生的文章或與師友聊起他時，都哀思如潮。谷林先生逝世翌日，我得知噩耗，不禁淚流滿面，回憶與先生的交往，流著淚寫了《魚雁忘年交——我與谷林先生的情緣》一文，《深圳晚報》以整版篇幅刊發，後被寧文兄收入了《開卷》「谷林紀念專刊」。我曾建議寧文編一部《谷林先生紀念集》，沒想到他卻先編出了這部《谷林書簡》。翻閱這部書，彷彿看到谷林先生鞠僂著身子伏在他那破舊的書桌上寫信的背影。

谷林原名勞祖德，他是用女兒的名字作筆名的。一九一九年十二月出生於浙江鄞縣，解放後在新華書店總管理處、文化部出版事業管理局工作，後來調到中國歷史博物館參加歷史文獻的整理，直至退休。出版有《情趣・知識・襟懷》《書邊雜寫》《答客問》《淡墨痕》《書簡三疊》等，並獨立完成了二百三十萬字的《鄭孝胥日記》的點校。

回覆友人信件成了谷林老晚年的主要生活內容，湖北的《書友》報曾為他開設專欄，當時《書友》報老總黃成勇欲整理谷林老信函結集出版，後來，委託有編輯出版經驗的止庵編輯出版了《書簡三疊》一書，收入了谷林老的致揚之水、止庵、沈勝衣三人信函一百四十五通。

《谷林書簡》，二〇〇九年十月由南京師範大學出版社出版，屬「鳳凰讀書文叢」之一。董寧文在編後記中說，止庵建議編選這部書簡時「就當一本小品文集來選，每篇或說事實，或通情愫，總而言之得要說出點別處沒有的意思來。」因而，並不是谷翁書簡的全部。本書分別選了致李傳新、陳子善、揚之水、陸灝、龔明德、韓小蕙等人書簡二百八十七通，其中寫給我的信被選入兩通。谷翁的信不慍不火，亦不是簡單的說教，讀先生信札似聽老僧說禪，細細回味，受益無窮。其中也不乏幽默，「以上復字亦不重看，公發現錯別字，大概不會打我手心，且必能為一笑補正也」（致揚之水）。「老妻耳背，長我一歲，相對無言，旁觀或以為清淨悟道，各有禪意，至堪笑歎」（致徐重慶）。

谷翁信中時常提到止庵和揚之水，說明他們交往之深。谷翁的《答客問》和《書簡三疊》兩書都是止庵編選的。谷翁去世後，止庵兄欲編一部谷林集外集，《溫州讀書報》總編盧禮陽把谷翁為該報寫的賀辭發給我，讓我轉發給了止庵兄，現已編成《上水船集》交中華書局出版。揚之水原名趙麗雅，曾在《讀書》雜誌社做編輯，張中行的《負暄三話》中曾有一文專門記述趙麗雅，她與谷翁訂交數十年，魚雁往還不斷。她曾在《綠窗下的舊風景》一文中這樣描述谷翁：「印象中，他常年著一件中式藍布褂，不煙，不酒，口無所嗜，目無所貪。不急，不躁，不惱，不爭。我想，即使退到兩漢，先生也不是『醒而狂』的蓋寬饒，『簡略嗜酒，不好盥浴』的劉寬，而是『為人恭儉有法度』似彭宣；不過，雖然不忘情與世事，卻仍有隱於市的大隱之風。」谷翁信札落款一般是谷林、祖德，有時還落一單字柯。其故鄉「柯」與「哥」諧音，於是便有一別名勞柯，柯字只用在極少數的與他關係極熟的友人信件上。

谷翁晚年無法寫文章，便只寫日記和書信，他給我的信上說，每天限寫一封，更多的時候「是前一天寫一通，第二天又歇一天」，有時寫一封信需要費時多日，二〇〇八年六月十六日寫給沈勝衣的信中說：「此信寫到這裏，又懶散延擱了好幾天，今天『發憤圖強』，準備寫成投郵」。十月十一日給揚之水的信中寫道：「……以上十行，寫成多日，今天陽光較好，乃到老伴室內續寫……上邊續寫一天，今日決意加工上交……稽答拖延，並乞見涼」。

二〇〇八年下半年，谷翁似乎感覺「去日已多來日少」，信中流露出傷感之情。十月三日給湖北李傳新的新著題簽後說：「我這回是『絕筆』，以後不能再寫字，因為起坐搖晃不定，無法握管，至祈見諒。九十老翁，聽天由命而已。另一紙蓋了幾顆圖章，奉上以供把玩。足下尚在英年，他年展觀，或發懷舊念故之情，或猶可與成勇老友共發一慨。」十月五日給我的信中寫道：「敦煌遺簡云：『君生我亦生，我生君已老。君恨我生遲，我恨君生早。』今則只得為之改作：『我生君未生，君生我已老。百年旦夕間，相逢成一笑』焉，或幸相晤會於再世乎。」信中有對老之將至的無奈，亦有對故友、對塵世的眷戀。讀來使人暗自神傷。時隔三月，谷翁駕鶴西去，回歸道山。谷翁曾對我說，他再作五年的打算，沒想到這麼快就走了，以後再也無法收到谷翁信函了，這世界一下子冷清了許多。

葉聖陶先生把晚年與故友相互寫信視為暮年上娛，葉聖陶去世後，由其子葉至善編選出版了《暮年上娛：葉聖陶俞平伯通信集》。其實，谷翁亦把寫信作為暮年上娛，儘管寫得辛苦，但也從中得到了快樂，起碼他的晚年不致寂寞。谷翁的信總是一筆一劃，工工整整，沒有一絲潦草，每一封信都是用心去寫，絕不是一般的應付。因而，谷翁的信件可作美文欣賞，可作書法珍藏。揚之水說「這是中國最後的信」。以後，還會有人這樣一字一板地寫信嗎？

二〇〇九年十一月十二日於秋緣齋

時己丑冬日首雪，窗外大雪紛飛，疑谷翁信札至焉。

【原載二〇〇九年第十二期《溫州讀書報》（浙江）】

溪上書香

收到浙江上林書社編印的《溪上書香》一點也不感到意外。《慈上書香》是「慈溪作品大家談」徵文集，收錄了七十餘篇評論慈溪作者作品的文章。也是慈溪市第九屆全民讀書月活動期間獻給讀者的一份禮物。慈溪有著濃厚的文化氛圍，還有一幫純正的讀書種子，任何文化成果的問世都是正常的。

己丑初夏，我與陳學勇、徐雁等學者去浙江慈溪訪友，感觸頗深。建築恢宏的圖書館大樓給人以震撼之感，館名由慈溪籍學者余秋雨題寫，這種規模的圖書館在北方縣級城市是難得一見的。慈溪圖書館還時常搞學術講座，我們去慈溪的當天，余秋雨正在圖書館做學術演講。

慈溪書人自發成立了一個民間讀書組織——上林書社，辦公地點設在市新華書店三樓，並創辦了社刊《上林書社》，書社成立之初，政府撥付十萬元專款給予支持。同行者得知慈溪市政府為民間社團撥款十萬元辦雜誌，震驚之餘皆大加讚賞，陳學勇教授說：「政府撥款十萬元辦讀書雜誌，我回去要大力宣傳。」現在的民間讀書報刊政府既不干涉也不扶持，儘管近幾年讀書報刊如火如荼，但受辦刊經費的制約，許多報刊都是慘澹經營，皆處於自生自滅狀態。作為一家讀書雜誌的主編，我深有體會。一個讀書社團竟能得到政府的大力支持，實在太難得了。

慈溪書人的熱情最是令人難忘，慈溪之行我們收穫頗豐，每人都得到了一大包慈溪作者的贈書。上林書社的成員們既是作家又是愛書人，每人的藏書也有一定規模。我們是一路走，一路看，結識著一個個的慈溪書友，看不盡的慈溪藏書。

上林書社主事人童銀舫清瘦、白淨，鬢上華髮早生，典型的學者形象。供職於市史志辦公室，係《慈溪史志》主編，出版有《流響集》《上林集》《臨田齋筆記》《揮不去的鄉愁》《溪上流韻》等。他知道我收藏志書，專門為我準備了一部《慈溪縣誌》。他與許多名家素有交往，一九九六年，他被評為寧波市首屆十佳藏書家庭時，上海書法家協會副主席洪丕謨將自己的三千多冊藏書贈給了他，其中有洪先生的三十多部書稿和校樣。洪先生說：「鮮花贈美人，良劍贈英雄。我的藏書就贈知己。送書猶如送出自己的孩子，把書放在愛書人的手裏，我放心。」由此可見童銀舫與洪先生的深厚情誼。

勵雙傑是最早與我有聯繫的慈溪作家，他致力於族譜的收藏與研究，是目前中國個人私藏族譜第一人。他的私家藏書樓名千乘樓又名思綏草堂，齋名由來新夏先生題寫，藏有各地建國前線裝族譜一萬多冊。美國哈佛大學善本研究室主任沈津看到他的藏品後說：「你富可敵省呀！」當我們登上他的藏書樓時，簡直就像進了書店的庫房，四壁全是線裝本的族譜。有好多還堆在地上。千乘樓四壁都是書架，齋名牌匾亦無處可掛。他的收入幾乎都用在了收購族譜上了，因而常常是「購譜時熱血沸騰，回家一看存款四肢冰冷。」他先後出版了《慈溪餘姚家譜提要》和《中國家譜藏談》兩部族譜研究學術著作。雙傑形象似山東大漢，才情兼備，性格豪放，大有魏晉之風，慈溪讀書界人士年齡無論大小皆稱他「雙傑哥哥」。離開慈溪時，委託他將我江南之行所獲的一大箱書籍用快遞發回山東。

胡遐供職於慈溪市工商局，主編《慈溪工商》雜誌，兼任市作家協會秘書長、上林書社副社長，出版有小說、散文集《又見梨花開》。一說「遐」字，讓人首先想到「遐思無限」，可我更想把「遐」字當成「俠」諧音。在我看來，胡遐簡直就是慈溪文壇女俠，在為我們接風酒宴上，她端著一杯白酒來到我跟前敬酒，說：「你隨意，我乾了！」說完一飲而盡，對來客依次敬酒，依然如故。不由得對她刮目相看，這是江南女子嗎？標準的北方女俠呀。在千乘樓裏，她兩手扶在我的肩上合影，惹得徐雁兄的女弟子嘖嘖道：「真是小鳥依人呀！」我說：「不要讓你老公吃醋喲！」她手一揮：「不會的！」胡遐性格豪爽，心卻精細，一份行業雜誌，讓她做得文氣十足，封面設計別具一格，完全沒有行業雜誌的單調與浮躁。

陳墨是上林書社副社長兼秘書長，是社員中的老大哥，在一家企業供職。出版有作品集《敬畏厚土》、《鹹青草》。坎坷的經歷，造就了他堅毅的性格，也為他提供了寫不盡的素材，談吐風趣幽默，滿腹掌故，與他相處一定不會寂寞。

還有十年磨一劍，為明代文藝評論家孫月峰撰寫《孫月峰年譜》的青年學者王孫榮、美女張巧慧、新華書店業務經理周益飛……都給我留下了深刻的印象。

這僅是我匆匆行走中，握手言歡的幾個慈溪朋友，慈溪愛書人多了去，有政府的支持和正確引導，溪上書香越來越濃烈，慈溪人真有福呀！

二〇〇九年十一月二十一日於秋緣齋

【原載二〇一〇年第一期《上林》（浙江）】

信號泉

選擇這個小區，是看中了小區裏的公園，公園裏有兩棵枝柯蟠曲，形若虯龍的紫藤，我對藤蘿花有一種特殊的情感，看到它就使我想起一位對我有知遇之恩的故人。

搬到小區後，我便把電腦桌安放在對著公園的窗下，寫作累了，抬眼望去，公園裏的一切盡收眼底，公園裏種有各種花草樹木，體育活動器械一應俱全，晨曦微露便有人來這兒健身。一條柏油路橫穿公園，連接著小區的兩個出口。公園中間有一蓮花型水池，中間假山上安有噴泉，蓮葉漂浮在水面，隨著水紋不斷波動，成群的魚兒引得幼童躍躍欲試。來串門的朋友連聲稱讚，這兒環境太好了。家人亦頗滿意。

住了一段時間，漸漸發現，這個公園另有用途，隔三岔五就有檢查團、參觀團、考察團前來，打破了公園的平靜。一時間熱鬧非凡，慢慢地居民意識到，無休止的參觀團已經影響了自己的正常生活，只要有參觀團，樓前就不能停放任何車輛，進出的車輛也受到影響。但居民們只能做理解狀，因為這個社區是有名的文明社區。

一天早晨，我對妻子說，今天又有參觀團了。妻子說，你怎麼知道？你會算？我說，你看那噴泉開始噴水了，說明有人要來，因為平時是不噴水的。妻子說，那不成了信號泉了。過一會兒，見有人抬來兩塊大展板，斜放在紫藤架下，公園裏有人出出進進，在等著參觀團的到來。時近中午，幾輛大巴車開進公園，一個個油頭粉面的鼓腹者魚貫而下，聚到水池四周，一人手持喇叭，用夾雜方言的蹩腳普通話哇啦哇啦講了一通，參觀者一陣嗡嗡蠅聲，便鑽進大巴車開走了。公園復歸平靜，幾個保安小心翼翼地把展板抬走了。

剛來小區時，父母來住了一段時間，母親說，一到晚上，就有狗叫，吵得睡不著。我說，我怎麼沒聽見？一天晚上，讀書晚了，又喝了咖啡，怎麼也睡不著，翻來覆去累得難受。凌晨三點多鐘，果然有狗叫聲，而且不止一隻狗叫，是一群狗在叫。愈加心煩，一夜未眠。早晨，問鄰居，是誰家的狗叫，鄰居說，前樓有一戶養狗賣狗的。我問，沒人管嗎？鄰居搖了搖頭，沒再做聲。

好在狗叫是在下半夜，只要睡熟了就聽不見。上半夜卻常有吵架聲、醉漢罵街聲，還有歌廳裏傳來的狼嚎聲，讓人無處躲藏。公園裏每晚都有頭戴鋼盔，手持警棍的保安，但這時卻不知躲到哪兒去了。

在小區住了一年，三次遭遇梁山君子。一次是夜裏，偷兒從廚房的窗子進入室內，在各個房間巡視一周，沒有找到鈔票，銀行卡被扔在廚房裏，只拿走了一個手機。雖然沒丟值錢的東西，也搞得全家惶惶不安，我對她們說，沒事的，以後小蟊賊再也不會來了，他會告訴他的同行說，以後可別到這家去了，這傢伙除了書，什麼也沒有。過了不久，儲藏室的鎖又被撬了，沒丟任何東西，因為儲藏室裏全是一包包的書。後來，電動車在樓下放著，等吃過晚飯，出去推車時，發現電瓶讓人偷走了……

天亮了，噴泉又開始噴水了，工作人員又樂此不疲地忙碌起來，看來今日又有參觀團來了……。

二〇〇八年十月二十三日夜於秋緣齋

【原載二〇〇八年十一月十六日《汕頭特區晚報》（廣東）】

守護家族文化

和幾位搞地方文化研究的朋友一起去看望一位熱衷於搜集整理家族文化的老人。

進入老人的客廳，在最顯眼處的條几上放著一個刷有紅漆的木箱，上書「徐氏家乘」，老人說，是一位明代書法家所題，他從族譜上複製後印上去的。徐氏家族為當地望族，相傳為徐茂公之後。我知道有些傳統意識很重的老人不願讓外人看自己的家譜，即使讓看，也要先沐手恭拜後，才能翻閱。當我們提出看看《徐氏族譜》時，老人爽快地答應了，他打開箱子，小心翼翼地把族譜一部一部拿出來。這些族譜有三十多卷，其中有一九六二年徐氏家族第八次續修的二十卷族譜。其他族譜是老人從各地搜尋複印的，有一套從鄰縣借來的七卷族譜，是老人自己抄錄後線裝而成，做工特別仔細。翻看這些傾注了老人心血的譜牒資料，對這位七十八歲的老人敬意油然而生。

環視狹窄的客廳，有一對上世紀八十年代的簡陋沙發，一張雙人沙發，還有一桌一幾一椅一書櫥。書櫥裏放滿了書刊資料，好多書裏都夾有小紙條。

談起徐氏家族，老人滔滔不絕地講了起來，他的記憶力特別好，家族遷徙史，家族分幾支，都有什麼功名，明代大學士為徐氏族譜作序等。說著，他從書櫥裏拿出一本厚厚的徐氏家族文化資料，是他一點一點搜集整理的。

近年來，徐氏家族為了保護徐氏家族資料、文物，做了很多工作，隨行的一位徐氏族人介紹說，幾年前，曾在元代任安徽亳州知州的徐琛墓前的石虎、石羊及翁仲像分兩次被盜，後雖破案，但由於石雕被賣到外省，很難索回。徐氏族人集資八十多萬元，成立了家族文物保護組織，買回了石虎、石羊，但翁仲像一直未能買回。並在徐琛墓前新修了牌坊、九龍壁、翁仲像等。

談到家族文物，老人說，他一位族兄藏有一把曾任明代北京密雲知縣徐光前的佩劍。徐光前是本邑人，萬曆庚子年（一六〇〇年）鄉試中解元。丁未年（一六〇七年）中進士。先任交河縣令，後調任密雲縣令。其政績卓異，四十歲時病逝於任上，葬於徐氏祖塋。我問，這劍是否還有？他說，也只是聽說，而未見到。我們想去看看，老人說，他四年前去時，族兄已經八十多歲了，不知道現在是否健在。有了這條線索，怎能輕易放過，眾人皆想目睹明代佩劍風采，匆匆吃過午飯，就在老人帶領下驅車趕往老先生所在的村子。

來到村頭，下車打聽老先生，村裏人說，他結實著呢。在村人的指引下，我們來到了老先生的家。院子裏掛著鳥籠，養著一對鸚鵡，說明老人生活的很有情趣。我們說明來意後，老先生老兩口熱情地給我們讓座。問及年齡，老先生說，我倆同歲，八十五了。

老先生是一九六二年徐氏家族續修族譜參加人中唯一健在之人。老先生說，為了搜集家族資料，他用了八個月時間，跑了很多省市。因而他是收藏徐氏族譜最多的人，其中一套清代所修族譜，也是徐氏家族中唯一的一套，現在已成孤本。他從身後條几上一個塑膠袋裏拿出了《徐氏族譜》第一卷，說因為經常有人來找他來瞭解家族情況，因此他便把第一卷放在外面，方便族人查閱。說起家族文化，老先生滿臉的興奮，一點也不像耄耋老人。

當我們提出看看徐光前的佩劍時，他拿出了用塑膠布包著的短劍，劍長只有三十多釐米，看來只是做防身之用。劍鞘外用鱷魚皮製作，上下裏有銅箍，劍鞘上嵌入銅字「徐光前舉臣解元萬曆庚子科」。這把劍還有一蹊蹺之處，劍鞘還有一空，在插劍的同時，插有一雙筷子。我問他，劍鞘裏插筷子是何用意。他說，筷子是丁香木所製，可檢驗菜中是否有毒。我才知道，這劍有雙重功能，不但防身，亦可防毒。遂持劍拍照留念。

告別時，兩位老人雙手相握，儘管沒有過多的話語，但兩人的眼神包涵了一切。兩人都是對家族文化有著宗教般虔誠的人。他們當作生命般地守護著家族文化，維護著家族的榮耀，後人會這樣守護下去嗎？

二〇〇八年十月二十七日夜於秋緣齋

【原載二〇一〇年一月北方婦女兒童出版社出版《2009年最適合中學生閱讀的隨筆年選》】

也談方言創作

方言指的是通行在一定地域的語言，在《現代漢語詞典》中關於「方言」的詞條解釋道：「一種語言中跟標準語有區別的、只在一個地區使用的話」。方言的形成是經濟文化不發達、地域之間缺少溝通的結果。國家廣電總局曾禁止主持人說方言，當四川方言電視劇在全國創造了收視奇跡後，方言類節目如雨後春筍般在各地電視臺盛行起來。福建電視臺的《閩南話時間》、齊魯電視臺的《拉呱》，以及濟南電視臺的《有麼說麼》收視率都超過了其他節目。蘇州電視臺還專門重金徵集蘇州方言寫作高手。

在文學創作中，運用方言寫作一直是一個備受關注的話題。無論是韓少功的《馬橋詞典》、張煒的《醜行或浪漫》、劉震雲的《手機》、賈平凹的《秦腔》，還是閻連科的《受活》等，越來越多的方言成功地走進文學作品。作家張煒覺得，他用登州方言寫《醜行或浪漫》時，達到了「長期寫作生涯中夢寐以求的狀態」，得到了前所未有的快感。《金瓶梅》中大量山東方言的出現，一直是眾學者考證作者為山東人的重要依據。老舍先生是「五四」以來用北京方言寫作卓有成績、影響深遠的一位作家，他在《茶館》、《四世同堂》、《龍鬚溝》、《駱駝祥子》等作品中，都巧妙地運用了一些生動的方言，老舍先生對北京方言的提煉、推敲、運用達到了出神入化的程度。

誠然，運用方言寫作也會給讀者帶來閱讀障礙，上世紀五十年代周立波的《暴風驟雨》引起爭議，正是因為其中有大量的東北方言；閻連科的長篇小說《受活》用豫西方言寫成，好多人認為不好懂，閻連科解釋說，「如今漢語創作對方言的擠壓十分嚴重。儘管方言寫作與當前的消費文化相抵觸，但如果沒有這樣一種語言文化存在，漢語將變得十分單薄。我希望能通過方言來豐富漢語寫作。可能有的人讀的時候，覺得會有障礙，但也會有一種新鮮感。」

在文學創作中偶爾使用方言會達到一種預想不到的效果，特別出彩，但通篇使用方言，讀者面就窄了，因為有些方言對外地人來說無疑是在讀天書。怎樣才能確保小說中涉及的特定語言區域之外的讀者也能看明白？作者要努力在「好看」和「好懂」之間找到平衡點，否則就難免需要翻譯。張愛玲之所以把《海上花》翻譯成普通話，就是為了讓更多人能看懂。「忽悠」一詞本是東北方言，但卻被趙本山「忽悠」成了全國時髦的語言，這種方言很容易被讀者所接受。而有些文學愛好者一味地追求方言寫作，但並不是所有的方言都可以用於創作的，有些方言只是在極窄小的範圍內流行，而且一旦寫成文字可能又變成另一種意思。用方言去拼湊文字遊戲，就像在米飯中摻雜了多半沙土，讓人大倒胃口。

文學創作是一件苦差事，只有耐得住清貧，耐得住寂寞，才能有所成就。魯迅先生曾說：「官可捐，文人不可捐，有裙帶官兒，卻沒有裙帶文人。」儘管現實生活中有些不知天高地厚之徒，靠著金錢或裙帶關係，擠身於文人行列，但這些偽文人們在百姓眼裏是文人，在文人眼中只是刁民而已，他們面對的除了尷尬，還是尷尬。文人一不能靠金錢，二不能靠裙帶，只能靠自己不懈的努力，靠自己的作品立足於社會。想靠方言創作走捷徑，更是異想天開了。

二〇〇五年十月二十五日夜於揚州瘦西湖之側

炮樓、漢奸及其他

在一盛產煤炭的鄉鎮的公路與鐵路之間，矗立著一座日寇侵華時修築的炮樓。時光透過炮樓的射擊孔瞭望著四周的一切：莊稼青了又黃，黃了又青。頑童變成耄耋。草房變為瓦房，瓦房變為樓房。公路上的獨輪車換成毛驢車，毛驢車又換成汽車。鐵路上蒸汽機車變為內燃機車……世上的一切都在變化，而炮樓被定格在那兒，時光似乎忘卻了它的存在。村裏人說，那是文物，不能動。在過去的那個瘋狂的年代裏，所有的舊的東西都被掃除掉了，炮樓周圍卻多了一圈院牆護衛，不能不說是一個奇跡。

諸多的文物成為中華民族的驕傲，而這座炮樓，如果也算是文物的話，卻是中華民族恥辱的象徵。村人農閒時，就議論炮樓：「洋鬼子就是能，現在有些正在蓋著的大樓、正在修建的大橋說倒就倒，這炮樓六十多年還是照樣。」解放後，人們還沒有保護文物的意識時，炮樓沒有被百姓拆除蓋房，或許是日本「洋灰」的質量確實好，人們無法完整地拆下磚石，而倖存下來。日本人是能，一個泱泱大國卻被只有彈丸之地的日本佔領了八年之久，殘殺百姓，姦淫婦女，掠奪資源。致使中華大地千瘡百孔，一片廢墟……日本人不但過去能，現在仍然能。如今的中國亦成為日本產品的主要出口國，大量的外匯再次流入日本人的口袋，而且國人心甘情願。

據說，當時炮樓裏只駐守著三個日本兵，居然鎮守著方圓數十里的地盤，真是匪夷所思。日本人之所以肆無忌憚，究其原因主要是有漢奸助紂為虐。有資料記載，日本人在華人數最多時二百萬人，而在冊的偽軍則多於二百萬，加上無法統計、不在冊的漢奸，數量更是多得驚人。據日本厚生省統計，侵華期間，日本人死亡四十七萬人。而中國的死亡人數何止五百萬，難道這些人都是死在日本人的槍下嗎？如果沒有漢奸當走狗，日本人別說佔領中國八年，就是八個月也難。

「漢奸」，詞典上這樣解釋：「原指漢族的敗類，後泛指投靠侵略者、出賣國家民族利益的中華民族的敗類。」隨著抗日戰爭的勝利，漢奸得到了應有的懲罰，但漢奸是否就此絕跡了呢？非也！張煒在長篇小說《刺蝟歌》中把窄臉的壞人稱作「土狼」的後代，而現在隨處可見的奸佞之人大概都是漢奸的後代。他們不但繼承了漢奸「投靠」、「出賣」的本能，而且隨著時代的發展，這種本能也在發展，這些人往往隱藏較深，破壞力更大，漢奸後裔大都有心理障礙，心地陰暗，他們唯恐天下不亂，不管在那個行業，只要有人正正經經做事業，周圍就會聚集一大批「漢奸後裔」，他們投靠炙手可熱的權貴，時時為你製造困難，製造壓力，將你置之死地而後快。那些人自己不做事，也不讓你做事。你做事，他就壞事，都不做事了，他就挑事。用柏楊先生發明的「醬缸蛆」為之命名最為準確。

朋友經常議論鄰近一個地區的人，那兒的人無論在哪兒都非常的團結，相互幫襯，相互提攜，讓人羨慕。而那些「漢奸後裔」卻是「內戰內行，外戰外行」，比起他們的父輩們有過之而無不及。看到老鄉的成功，妒火中燒，千方百計去壓制，而且還有冠冕堂皇的理由。「漢奸後裔」適應能力很強，有人的地方就有他們的影子，躲在角落裏，等待機會，施放暗箭。

炮樓的存在時時提醒著人們：漢奸死了，還有漢奸兒子，漢奸兒子死了，還有漢奸孫子，漢奸的子孫是沒有窮盡的……

對付他們的唯一辦法，就是毫不妥協地鬥爭！只有鬥爭才能使這些敗類毫無立足之地。他們使用的陰招、損招畢竟是見不得陽光的。

二〇〇八年一月十二日於《泰山週刊》編輯部

蒲松齡的幸福生活

由於淄博朋友的熱情相邀，我曾兩次到蒲松齡紀念館和蒲松齡書館拜謁，兩次探訪，去尋覓這位世界短篇小說之王的足跡，與蒲松齡親密接觸。

蒲松齡紀念館位於淄博市淄川區蒲家莊，是在蒲松齡故居的基礎上擴建的，聊齋原有正房三間，東西廂房各一間，正房是蒲松齡出生和去世的地方。走進正房，上有蒲松齡的身後知己路大荒先生題寫的「聊齋」二字，正中掛有蒲松齡畫像，是蒲松齡七十四歲時，他的小兒子蒲筠請寓居濟南的著名畫師朱湘鱗所畫。

畫像上有蒲松齡的親筆題跋兩則，一則曰：「爾貌則寢，爾軀則修，行年七十有四。此兩萬五千餘日，所成何事，而忽已白頭？奕世對爾孫子，亦孔之羞。康熙癸巳自題。」一則曰：「癸巳九月，筠囑江南朱湘鱗為余肖此像，作世俗裝，實非本意，恐為百世後所怪笑也。松齡又志。」

畫像兩旁懸掛著郭沫若題寫的楹聯：「寫鬼寫妖高人一等，刺貪刺虐入骨三分」。房間西側是蒲翁的會客室，這裏有他當年用過的坐榻，中間放個矮桌，在這裏會客、聊天。南窗下有書桌、硯臺等。東側為臥室。

由此看來，蒲松齡的生活是過得去的，而不至於像傳說中的窮困潦倒。否則，家人是不可能也沒條件專門從濟南請來畫家為蒲松齡畫像的。

蒲松齡書館在淄博市周村區西鋪村，是明末戶部尚書畢自嚴家宅的東跨院，是蒲松齡在畢府教書、讀書、著書的地方。蒲松齡三十二歲時受聘到畢府教書，七十歲撤帳返裏，在這裏生活了三十八年。

蒲松齡書館有三進院落，拐進影壁牆步入第一個院落，是青磚灰瓦、斗拱飛簷的「綽然堂」，蒲松齡在這裏設帳教書；第二個院落中有一二層小樓「振衣閣」，《聊齋志異》和全部俚曲的創作是在這裏完成的；最後院落是後花園，有花棚，有種荷養魚的池塘，後面是一座三層建築——萬卷樓，該樓為清康熙初年為藏書而建，後來重建，抱柱上楹聯為「萬卷藏書宜子弟，十年樹木起風雲」。據說此樓曾藏書五萬餘卷，為蒲松齡讀書寫作提供了便利。

畢自嚴一生著述頗豐，有百餘卷著作傳世，與蒲松齡惺惺相惜，賓主關係融洽。因此，蒲松齡所得報酬一定豐厚。蒲松齡在此過著衣食無憂的教書、讀書生活，還可以把銀子寄回家中，養活一家老小，是一般塾師所無法企及的。畢府與新城王家世代聯姻，使的蒲松齡得以在畢府結交官高位顯、有一代詩宗之譽的王漁洋，並深受王漁洋賞識，為他的《聊齋志異》題詩：「姑妄言之姑聽之，豆棚瓜架雨如絲。料應厭作人間語，愛聽秋墳鬼唱時。」為《聊齋志異》的傳播起到了重要作用。

此情此景讓曹雪芹看到一定羨慕不已，曹氏晚年在西山的茅屋裏過著舉家食粥的日子，哪有蒲氏的瀟灑。即使身後，曹雪芹也沒蒲松齡風光，曹雪芹盡其一生、數易其稿創作的《紅樓夢》也只有半部傳世，引得好事者狗尾續貂，憑空幻化出種種結局，且數次遭禁。蒲松齡的《聊齋志異》則幸運的多，可以完整流傳。幾百年來，《聊齋》故事在民間廣泛傳播，經久不衰，先後被譯成二十多種文字，成為世界人民的共同精神財富。

儘管蒲氏作品裏諷貪刺虐，痛快淋漓，但他的仕途情結仍然很重，年復一年地參加科考便是明證，一直考到六十三歲，仍未考中。對他來說是人生憾事，但又是一大幸事。假若蒲松齡考中，中國官場只會增加一個平庸的官吏，而世間則少了一位文壇巨匠。

蒲松齡的大半生在畢府度過，在這裏，有優厚的生活待遇，有良好的寫作環境，有豐富的藏書可讀，還有濃厚的文化氛圍，作為文人復有何求？

二〇〇八年十一月一日夜於秋緣齋

【原載二〇一〇年一月北方婦女兒童出版社出版《二〇〇九年最適合中學生閱讀的隨筆年選》】

己丑冬日的情色之旅

已有好久沒有外出淘書了，一是很難找到心儀之書，這當然是好事，說明愛書人逐漸增多，市場上好書自然減少；再是秋緣齋裏確實無法提供更多存放藏書的空間了，便下決心不買書。知道自己終究敵不過書的誘惑，因此，網上書店乾脆不去。還忙於雜誌的編務及雜務，更無暇顧及淘書。

己丑冬日，突然收到滬上友人寄贈的中華書局小精裝系列一套七冊。正三十二開本，每冊二百頁左右。小精裝本在流行的十六開本書籍中間顯得小巧精緻，更能引發反覆摩挲把玩之趣，亦適合床頭閱讀。因而該系列可謂侍寢佳選。上海書店自丙戌夏推出了小精裝系列書，現在已陸續出版三十餘部，受滬上友人錯愛，每有新書出版都會及時寄至秋緣齋案頭。但上海書店的小精裝系列書內容雜蕪，而中華書局版的小精裝系列則是清一色的關於書的文字。七位作者多半相熟，只有楊小洲、掃紅沒有聯繫，但他們的部落格經常流覽，亦不陌生。

《書情書色》，胡洪俠著。是洪俠兄在《深圳商報》連載「書情書色」之輯錄，為筆記體精短書話，每則書話二百餘字。洪俠兄部落格裏已寫八百餘則，此書收錄四百則。香港作家辜健在其博客留言：「新年多獵色，何日是盡頭？」洪俠兄回復曰：「誤登情色車，招遙無盡頭。寫滿一千則，糞土萬戶侯。」洪俠兄的「書情書色」是餘愛讀篇什，曾從其部落格下載整理五百餘則閱讀，並建議結集出版，終於有了紙質讀本，可以在床頭與洪俠兄交流了。

《看張及其他》是陳子善的又一張愛玲研究著作。子善先生致力於二十世紀中國文學史料學的研究和教學，曾參加《魯迅全集》的注釋工作。後來在周作人、郁達夫、梁實秋、臺靜農、葉靈鳳、張愛玲等現代重要作家作品的發掘、整理和研究上做出了重要貢獻，尤其對張愛玲生平和創作的研究為海內外學界所關注。子善先生著作加上編纂可謂著作等身。關於張愛玲的作品就有《私語張愛玲》、《作別張愛玲》、《經典張愛玲》、《說不盡的張愛玲》數種，《看張及其他》是子善先生是關於張愛玲這位民國才女作家的生平、創作及佚作的發掘考訂等。另外，亦有多篇關於葉靈鳳、陳從周、周作人、谷林、季羨林等前輩學人、作家的文字。

《聽櫓小集》，王稼句著。稼句兄是江南才子，出版了數十種蘇州文化專著，書話類著作亦有十餘種，山東畫報出版社出版的《看書瑣記》、《看書瑣記二集》影響頗大。秋緣齋藏有其數種簽名本。聽櫓小築是稼句兄現在的書房名字。稼句兄說，「當我在陽臺上望見那潺湲流水，往往會想起櫓聲欸乃的境界，這聲音雖然已是依稀邈遠了，但仍是那樣熟悉，那樣親切。在舊時江南水鄉的日常生活場景裏，悠悠櫓聲正是一首輕柔宛轉的歌。楊柳依依低垂，遮著水面，先是聽到櫓聲，由遠漸近，然後『小舟撐出柳陰來』，或是書船，或是筆舫，或是久別了的友人，總是讓人心喜的。」書中所收文章《說舊書》、《文夫先生兩三事》、《說止庵》、《葉聖陶的〈客語〉》、《書船》、《筆舫》……僅看題目便知這是一部可以使人陶醉之佳構。

《茶店說書》是止庵兄的第十一本隨筆集。止庵兄校訂了《周作人自編文集》三十六種，主編《苦雨齋譯叢》十六種、《周氏兄弟合譯文集》四種，並主編了《張愛玲全集》。由他編訂張愛玲的《小團圓》銷售異常火爆，子善先生也力薦《小團圓》：「喜歡張愛玲的讀者必須讀一讀」，在近日結束的深圳的讀書節上《小團圓》被評為年度十大好書。秋緣齋收藏了止庵兄的大部分著作，其中有他的贈書也有從各地淘來的，無論是在圖書市場還是在網上書店，只要見到秋緣齋所未藏的止庵兄作品一定不會放過的，不僅僅是私人感情，主要還是喜歡他的文風。

《書蠹豔異錄》，謝其章著。謝其章以收藏老期刊聞名於藏界，出版多部藏書藏刊的專著。計有《漫話老雜誌》、《舊書收藏》、《老期刊收藏》、《創刊號風景》、《「終刊號」叢話》、《搜書記》等。辛酉秋日，在北京與謝其章曾有一面之緣，也為他編發過稿子。他身處京城，有令人羨慕的淘書環境，加上孜孜以求的精神，自然常有斬獲。

《快雪時晴閒讀書》，楊小洲著。作者是近年來活躍於讀書界的自由書評人，據說他有三個書房，一個在長沙，一個在深圳，一個在北京。他說：「藏書家在常人眼裏都是一種病態，藏書家如同登徒子遇見美貌女子，朝思暮想的是怎樣把她娶到手。」丁亥秋日，江西進賢舉辦第五屆讀書年會，楊小洲去了，我因事未能赴會，無緣識荊。我想，早晚會邂逅這位「書分三地，淘遍多國」的書中登徒子的，因為皆為書蠹。

《尚書吧故事》，掃紅著。尚書吧是深圳一家經營古籍、善本、二手舊書的書店，以書店和咖啡、酒吧的組合模式為格局的書吧。據說在尚書吧裏，無論是版本珍貴的古舊書籍，還是作家簽名本，顧客都可以隨手翻閱；而且，無論是抽著煙、喝著葡萄酒、躺在榻上，只要覺著舒適，顧客盡可以選擇自己喜歡的讀書姿勢。來自香港的掃紅便是這家書店的負責人之一。發生在書吧裏的故事一定都是些可以引發書人一睹為快的趣事。

洪俠兄在《書情書色》中多次把書喻作女人。其中一則說道，一書友在網上公佈擇偶標準，品相過得去即可。帖子一發，眾網友跟帖皆為書人用語：要初版的，而且是一印的，開本要適中，封面設計要素雅，定價不能過高，不能是叢書。又有人補充：最好不是二手的。還有一則，把教科書、專業書比作妻子，把閒書比作妾，對於「書妻」是敬重的，對於「書妾」是寵愛的。秋緣齋裏一下子新增多位「書妾」，這個冬天不會寂寞了。

二〇〇九年十二月十三日於秋緣齋

【原載二〇一〇年一月十二日《深圳晚報》（廣東）】

後記

徂徠山位於泰山東南二十公里，新泰城西四十公里處，《詩經・魯頌》便有「徂徠之松」的詩句。唐朝開元二十八年（七四〇年），詩仙李白遊歷至此，被徂徠山的景色所迷戀，便與山東名士孔巢父、韓淮、裴政、陶沔、張叔明六人同隱徂徠山竹溪，縱酒酣歌，嘯傲泉石，舉杯邀月，詩思駘蕩，留下千古佳話，世稱「竹溪六逸」。張大千曾做「竹溪六逸圖」以記此事。我曾數次前往拜謁，外地有朋友來訪，我也總是帶他們去徂徠山礤石峪的六逸堂，瞻仰李白塑像，尋覓詩仙的足跡。李白的灑脫、豪放以及他的交遊都令人神往。

我嚮往四處遊歷、訪友探勝的生活。由於忙於生計，外出遊歷受到制約，但只要有機會還是要走出去。作家張煒說「切不可關在書齋裏，要走了再走，看了再看。」俗話說「讀萬卷書，行萬里路」，但紙上得來終覺淺，即使走馬觀花、蜻蜓點水式的外出，也比書本上的感悟深得多。我們現在生活的圈子太小，生活也太安逸。這對於一個作家來說，這樣的生活就是在浪費生命，人無法延長自己生命的長度，但可以去拓展生命的寬度和厚度。上世紀二三十年代作家們的那種自由讓人羨慕，他們可以自由地寫作，可以隨意選擇工作生活的城市，這種生活經歷是一筆寶貴的財富，如果默守在一個城市的角落裏，視線就會越來越短淺，直至被自己所遺忘。

這部集子分三部分：「屐痕處處」，是外出行旅實錄。去揚州訪問朱自清故居，到連雲港看吳承恩筆下的花果山，在齊國故都淄博參加全國書蟲雅集，到興化拜謁鄭板橋和施耐庵，去杭州、寧波、慈溪、上海、周莊訪友探幽，探訪千乘樓，參觀中國民間族譜收藏第一人的藏品。其中感受最深的是在江蘇興化，陪同遊覽的作家姜曉銘把當地的歷史講透了，因而印象深刻，收穫頗豐；「人生驛站」，有童年的情趣，有身處時代變革之際的中學生活記憶，有家在漂泊的無奈，也有坐擁書城的喜悅。是人生中的精神苦旅；「生活空間」，是與谷林、馬曠源、龔明德、董寧文、王國華等師友的心靈對話。

其實，本書旨趣就是遊歷，只不過前部分是實際行旅，而後部分則是精神行旅和紙上行旅。我並不期望此生有歌天泣地的波瀾之舉，只想做一位行旅書生。

感謝蔡登山先生把這部行旅記介紹給臺灣讀者。期盼著有一天，能夠去寶島淘書，親身體驗一下阿里山風光、日月潭的風情。能到梁實秋的墓前獻上一束鮮花，那更是人生一大幸福。期盼著！期盼著臺灣之旅早日成行！

二〇一〇年一月十九日於秋緣齋

國家圖書館出版品預行編目

放牧心靈——阿瀅文化行旅筆記 / 阿瀅著．
--一版. -- 臺北市：秀威資訊科技, 2010.08
面； 公分. -- (語言文學類；PG0390)
BOD版
ISBN 978-986-221-502-9（平裝）

855　　99010176

語言文學類　PG0390

放牧心靈——阿瀅文化行旅筆記

作　　者 / 阿　瀅
主　　編 / 蔡登山
發 行 人 / 宋政坤
執行編輯 / 蔡曉雯
圖文排版 / 黃莉珊
封面設計 / 蕭玉蘋
數位轉譯 / 徐真玉　沈裕閔
圖書銷售 / 林怡君
法律顧問 / 毛國樑　律師
出版印製 / 秀威資訊科技股份有限公司
台北市內湖區瑞光路583巷25號1樓
電話：02-2657-9211　傳真：02-2657-9106
E-mail：service@showwe.com.tw
經 銷 商 / 紅螞蟻圖書有限公司
台北市內湖區舊宗路二段121巷28、32號4樓
電話：02-2795-3656　傳真：02-2795-4100
http://www.e-redant.com

2010年 08月　BOD一版
定價：280元

讀　者　回　函　卡

感謝您購買本書，為提升服務品質，煩請填寫以下問卷，收到您的寶貴意見後，我們會仔細收藏記錄並回贈紀念品，謝謝！

1.您購買的書名：______________________________

2.您從何得知本書的消息？

□網路書店　□部落格　□資料庫搜尋　□書訊　□電子報　□書店
□平面媒體　□ 朋友推薦　□網站推薦　□其他__________

3.您對本書的評價：(請填代號　1.非常滿意 2.滿意 3.尚可 4.再改進)

封面設計____　版面編排____　內容____　文/譯筆____　價格____

4.讀完書後您覺得：

□很有收獲　□有收獲　□收獲不多　□沒收獲

5.您會推薦本書給朋友嗎？

□會　□不會，為什麼？______________________________________

6.其他寶貴的意見：____

____

____

____

讀者基本資料

姓名：____________________　年齡：______　性別：□女　□男

聯絡電話：________________　E-mail：____________________

地址：____

學歷：□高中(含)以下　□高中　□專科學校　□大學
　　　□研究所(含)以上　□其他________________

職業：□製造業　□金融業　□資訊業　□軍警　□傳播業　□自由業
　　　□服務業　□公務員　□教職　□學生　□其他__________

請	貼
郵	票

To：114

台北市內湖區瑞光路 583 巷 25 號 1 樓

秀威資訊科技股份有限公司　　　收

寄件人姓名：

寄件人地址：□□□

(請沿線對摺寄回,謝謝!)